KJB

Foto: privat

Olivia Tuffin lebt auf einer Farm in Dorset, England. Sie reitet am allerliebsten mit einem ihrer drei Palominos aus. Genau wie Georgia hat sie früher ausgemistet und im Stall geholfen, um sich ihre Reitstunden zu verdienen. Dass sie heute eigene Pferde hat und genau die Geschichten schreiben kann, die sie selbst schon immer gern lesen wollte, macht sie zum glücklichsten Menschen der Welt.

Bei FISCHER KJB ist von ihr außerdem ›Redgrove Farm: Das neue Fohlen‹ erschienen. Weitere Bände sind in Vorbereitung.

Weitere Informationen zum Kinder- und Jugendbuchprogramm der S. Fischer Verlage, auch zu E-Book-Ausgaben, gibt es bei *www.blubberfisch.de* und *www.fischerverlage.de*

Olivia Tuffin

Redgrove Farm

Auf vier Hufen ins Glück

Aus dem Englischen
von Angelika Eisold Viebig

KJB

MIX
Papier aus verantwortungsvollen Quellen
FSC® C083411

2. Auflage: Dezember 2015
Erschienen bei FISCHER KJB

Die englische Originalausgabe erschien 2014
unter dem Titel ›The Palomino Pony Comes Home‹
bei Nosy Crow Ltd, London, England

Umschlaggestaltung: © Birgit Gitschier, Augsburg
Umschlagfoto: Shutterstock (BestPhotoStudio, Zuzule)
Satz: Fotosatz Amann, Memmingen
Druck und Bindung: CPI books GmbH, Leck
Printed in Germany
ISBN 978-3-7373-5186-7

Besonderen Dank an Michelle Misra

Für Pip, Clive und Mossy –
meinen Lieblingshund,
meinen Lieblingsmenschen
und mein Lieblingspony!

O.T.

Prolog

»Na los, Lily. Geh endlich weiter!« Die blauen Augen der Reiterin des Ponys – ein Palomino mit goldenem Fell und cremefarbener Mähne – funkelten ärgerlich. Erneut blickte sie auf ihr Handy, doch vorher versetzte sie der kleinen Stute noch einen kräftigen Stoß mit den Fersen.

Das Pony blähte die Nüstern und schnaubte, weigerte sich aber nach wie vor weiterzugehen. Zögernd und mit zuckenden Ohren musterte es die Büsche.

»Jetzt reicht es aber«, schrie das Mädchen ungeduldig. »Wirst du wohl gehorchen?« Mit einem lauten Schlag sauste die Reitgerte auf die Hinterhand des Ponys.

Klatsch!

Schmerzhaft getroffen fuhr die Stute herum und wieherte so laut, dass es in der ganzen Umgebung widerzuhallen schien. Genau in diesem Moment flatterte laut krächzend ein Fasan vor ihnen hoch. Das Pony erschrak und kam auf dem harten, gefrorenen Asphalt ins Rutschen. In einem verzweifelten Versuch, Halt zu finden, schabten die Hufe über den Boden.

»Los jetzt, hab ich gesagt!«, schrie die Reiterin. Noch einmal versetzte sie dem Pony einen harten Schlag in die Flanke, wodurch das Tier nur noch mehr erschrak. In blinder Panik bäumte es sich auf, riss den Kopf nach oben und verdrehte die Augen, so dass das Weiße darin sichtbar wurde.

Das Mädchen wurde abgeworfen und rollte über die Straße. Auch das Pony selbst stürzte und musste wegen des Gestrüpps neben der Straße kämpfen, um wieder auf die Beine zu kommen.

»Jemma ... Jemma ... alles okay mit dir?«, schallte eine Stimme aus dem Handy, das auf der Straße lag.

Während das Mädchen nach Luft schnappte und vor Schmerzen das Gesicht verzog, schaffte es das Pony, sich wieder auf die Beine zu stemmen. Der Sattel war zur Seite gerutscht, und die Zügel waren gerissen.

Das Pony wollte jedoch nur verzweifelt dem Mädchen entkommen. Es drehte um und galoppierte mit Höchstgeschwindigkeit die leere Straße entlang. Beim nächsten Seitenpfad bog es in das dahinter liegende Moor ab. Nun, da es durch nichts und niemanden mehr aufgehalten wurde, galoppierte das Pony, als hinge sein Leben davon ab.

Nach etwa drei Kilometern wurde es schließlich langsamer. Es schnaubte erleichtert, und sein Atem hing in der frischen, klaren Luft wie eine silberne Wolke. Hier fühlte sich das Palomino endlich wieder sicher.

Kapitel eins

»Puh, das war vielleicht ein Tag!« Georgia ließ sich auf ihren Sitzplatz zurückfallen, während der dunkelgrüne Pferdetransporter das Turniergelände verließ. Zum ersten Mal während des ganzen Tages hatte sie Gelegenheit, sich auszuruhen. Bisher war sie damit beschäftigt gewesen, das Turnierpferd zu striegeln, seine Mähne zu flechten oder sein Zaumzeug zu polieren. Dabei war sie selbst gar nicht geritten. Doch sie beschwerte sich nicht. Georgia liebte alles, was mit Pferden zu tun hatte, und es war toll, bei einem Turnier aus nächster Nähe zusehen zu dürfen.

Ganz besonders liebte sie Wilson, den Vollblutwallach, der auf jeden Fall der Star dieses Turniers gewesen war!

»Danke noch einmal für all deine Hilfe heute, Georgia«, sagte Melanie, während sie mit dem Transporter den holprigen Weg entlangfuhr und sich in eine lange Reihe von Pferdeanhängern und -transportern einfädelte, die sich auf den Heimweg machten. »Ohne dich hätten wir es bestimmt nicht geschafft, stimmt's, Soph?« Sie drehte sich zu ihrer Tochter um.

»Ähm, was hast du gesagt?« Sophie blickte von ihrem Handy auf, während sie eine SMS schrieb.

»Ich sagte, ohne Georgias Hilfe hätten wir es heute nicht geschafft, stimmt's?« Melanie runzelte die Stirn, weil ihre Tochter immer noch mit ihrem Handy beschäftigt war.

»Ähm, nein«, murmelte Sophie. Sie saß zwischen ihrer Mutter und Georgia, eine Handvoll Preisschleifen und Rosetten lag in ihrem Schoß.

Sophie klang zwar nicht gerade interessiert, doch Georgia wusste, dass das nicht böse gemeint war. Sophie hatte nur eben nicht besonders viel für die Versorgung und die Pflege von Pferden übrig, jedenfalls nicht so viel wie Georgia. Sophie würde im nächsten Jahr zur Uni gehen. Da war ihr im Augenblick ihr Freundeskreis wahrscheinlich wichtiger, als bei einem Turnier zu gewinnen.

Schließlich steckte sie das Handy jedoch weg und grinste Georgia an. »Ich wette, du freust dich heute auf dein Bett, was, Georgie?«

»Das kannst du laut sagen!« Georgia lachte. Sie war wirklich müde, aber es war eine gute Art von Müdigkeit. Nirgends war sie lieber als auf dem Hof der Haydens, auch wenn sie nicht immer selbst reiten konnte und oft nur zusah, wie Sophie auf Wilson ritt. Sophie war siebzehn, drei Jahre älter als Georgia und bereits eine unglaublich gute Reiterin. Georgia hoffte, eines Tages genauso gut zu werden.

»Tja, ich denke, ihr habt heute beide ausgezeichnete Arbeit geleistet«, meinte Melanie mit einem Lächeln. »Wir sind ein gutes Team!«

Georgia freute sich über das Lob und schaute versonnen aus dem Fenster auf die vorbeiziehenden Dörfer und Felder. Heute war ein toller Tag gewesen – die Wadebridge Show: Ein ganzer Tag auf dieser riesigen jährlichen Veranstaltung in Cornwall, an dem sie nur mit Pferden zu tun hatte. Würde es nach Georgia gehen, hätte der Tag ewig dauern können – nicht zuletzt, weil sie wusste, was zu Hause auf sie wartete: Lernen für die Schule. Morgen begannen die letzten Prüfungen des Jahres, und sie hatte sich leider nicht annähernd genug darauf vorbereitet. »Wie lange brauchen wir denn für die Rückfahrt?«, fragte sie und kaute nachdenklich auf der Unterlippe.

»Bei diesem Verkehr wahrscheinlich ein paar Stunden«, antwortete Melanie.

Georgia nickte. Das hatte sie bereits befürchtet. Und sobald sie angekommen waren, müsste sie Sophie noch helfen, Wilson zu versorgen, außerdem den Transporter ausräumen und alles an seinen Platz zurückbringen, bevor sie überhaupt ans Lernen denken konnte. Dennoch war es für sie die Mühe wert. Auf dem Hof der Haydens zu helfen war Georgias einzige Möglichkeit, etwas mit Pferden zu tun zu haben, und sie genoss jeden einzelnen Moment. Das Geld war knapp bei den Blacks, seit Georgias Vater die Familie vor einigen Jahren verlassen hatte. Georgias Mutter konnte das Geld für Reitstunden leider nicht aufbringen. An den Unterhalt für ein Pferd war gar nicht zu denken. Wenn Melanie sie nicht im Austausch für die Hilfe im Stall immer reiten ließe, würde Georgias Pferdeglück nur in ihren Träumen stattfinden!

Georgia drehte sich zu Sophie, um ihr etwas zu sagen, doch Sophies Handy piepte wieder, und im nächsten Moment war sie erneut mit dem Schreiben einer SMS beschäftigt.

Georgia seufzte. Ach, wenn sie doch auch in Sophies Welt leben dürfte, wo Ponys immer dazugehörten …

Kapitel zwei

Zwei Stunden später fuhr der Pferdetransporter die Einfahrt der Haydens hinauf. Redgrove Farm bestand aus einem großen modernen Haus mit daran anschließenden Ställen. Dahinter erstreckten sich Felder und Weiden, so weit das Auge reichte. Als der Wagen im Hof anhielt, trat ein großer dunkelhaariger Mann aus der Haustür.

»Na, wie lief es?«, fragte Simon Hayden.

»Super, Dad«, antwortete Sophie, sprang aus dem Wagen und eilte an ihm vorbei, nachdem sie ihn liebevoll angestupst hatte.

Sophies Vater verdrehte die Augen und blickte mit einem vielsagenden Grinsen zu Georgia, die nun aus dem Auto stieg.

»Hallo, Schatz«, Melanie winkte ihrem Mann zu und unterdrückte nach der langen Fahrt ein Gähnen. Drei laut bellende Terrier versammelten sich um ihre Füße. »Platz, Jungs, Platz!«

Georgia streckte sich – ihre Arme und Beine waren steif und schmerzten. Es war ein herrlicher warmer Abend, die Hitze des Tages lag noch immer in der Luft.

»Na komm, Wilson, ganz ruhig.« Melanie sprach beruhigend mit dem braunen Vollblut, während sie ihn die Rampe herunter in den Hof führte. »Kannst du übernehmen, Georgia?«, bat sie, nachdem sie sich vergeblich nach Sophie umgesehen hatte.

»Klar.« Georgia nahm das Führseil. »Komm mit, Wilson.«

Sobald der Wallach in seinem Stall untergebracht war, lief Georgia hinüber zur Scheune, um ein Heunetz zu holen. Nachdem sie Wilson noch einmal gebürstet und sich überzeugt hatte, dass er mit Futter und Wasser versorgt war, brachte sie ihn für die Nacht hinaus auf die Koppel. Sie nahm sein Halfter ab, legte die Arme um seinen Hals und atmete den wunderbaren Duft ein – eine Mischung aus Pferdegeruch und Zitronenshampoo. »Und ab mit dir, mein Junge«, sagte sie leise mit einem Tätscheln.

Callie, Sophies altes Pony, trottete erwartungsvoll herüber.

»Hallo, du«, begrüßte Georgia es lächelnd und gab dem graubraunen Pony einen Kuss auf die Nase.

Callie war früher ein erstklassiges Turnierpony gewesen, das viele Preise gewonnen hatte, doch seit kurzem war es pensioniert. Georgia liebte das kleine Exmoor-Pony, auf dem sie einst selbst reiten gelernt hatte.

Melanie und Georgias Mutter waren alte Freundinnen. Als Lucy Black damals von ihrem Mann verlassen worden war, hatte sie gedacht, dass Redgrove eine gute Ablenkung für Georgia wäre. Georgia hatte die Ponys von Anfang an geliebt, und sobald ihre Mutter sie für alt genug hielt, hatte Melanie sie auf Callie reiten lassen. Anfänglich war das Pony dabei natürlich noch geführt worden. Der Rest war Geschichte! Redgrove war schnell ein zweites Zuhause für Georgia geworden.

»Du siehst nachdenklich aus.« Melanie trat zu Georgia und holte sie aus ihren Gedanken.

»Ach«, antwortete Georgia mit einem Lächeln. »Mir ist nur gerade eingefallen, wie du mich zum ersten Mal auf Callie gesetzt hast.«

Melanie tätschelte liebevoll ihren Arm. »Es kommt mir vor, als sei es erst gestern gewesen!« Sie lächelte Georgia an. »Hör mal, ich kann dich zu Hause absetzen, wenn du möchtest.«

»Wirklich? Das wäre toll, danke«, sagte Georgia. »Du weißt doch noch, dass ich diese Woche nach der Schule nicht vorbeikommen kann, oder? Wir schreiben die letzten Prüfungen.«

»Ja, ich weiß«, antwortete Melanie seufzend. »Was sollen wir nur ohne dich tun?«

»Ihr kommt bestimmt bestens klar.« Georgia lächelte und freute sich natürlich insgeheim über Melanies Worte.

»Wenn die Prüfungen vorbei sind, dann hast du Wilson übrigens ein paar Tage ganz für dich, hab ich dir das schon erzählt?«, fuhr Melanie fort.

»Wirklich?« Georgia war überrascht.

»Ja«, versicherte Melanie. »Es sind zwar nur ein paar Tage in der ersten Ferienwoche, aber immerhin. Sophie hat einen Job in einem Sommercamp hier in der Nähe. Also kannst du Wilson jeden Tag bewegen, wenn du magst.«

»Wenn ich mag!«, rief Georgia aus und umarmte Melanie spontan. »Ich kann es kaum erwarten!«

Melanie lächelte. »Simon«, rief sie ihrem Mann über die Schulter zu. »Ich bringe Georgia noch schnell nach Hause.« Sie zog die Autoschlüssel aus ihrer Tasche und ging zu einem glänzenden neuen Geländewagen, der im Hof parkte.

Georgia seufzte. Ach, wenn man so wie die Haydens leben könnte! Nicht nur, dass sie schöne Ställe für ihre Pferde hatten, sie hatten auch noch einen eigenen Swimmingpool und einen Tennisplatz. Allerdings arbeiteten sie dafür auch schwer und blieben dennoch sehr bodenständig und freundlich.

Während das Auto die Straße entlangfuhr, dachte Georgia an ihr eigenes Zuhause. Was würde ihre Mutter wohl gerade machen? Wahrscheinlich immer noch malen, denn sie hatte gerade einen sehr wichtigen Auftrag. Georgias Mutter war Künstlerin und arbeitete jede freie Minute, damit sie über die Runden kamen. Als Georgia an diesem Morgen das Haus verlassen hatte, um mit zur Wadebridge Show zu fahren, war ihre Mutter bereits auf und in ihr neuestes Werk vertieft gewesen.

Das Auto bog am Ende des unbefestigten Zufahrtswegs in die Hauptstraße ein, und die Scheinwerfer durchschnitten die anbrechende Dämmerung. Nach etwa eineinhalb Kilometern hielten sie vor einem kleinen Häuschen an.

»Dankeschön, Melanie«, bedankte sich Georgia, während sie aus dem Auto stieg. Sie winkte ihr noch einmal zu, bevor sie sich umdrehte und den Weg hochlief.

Im Haus war es still, als Georgia die Haustür öffnete. Beim Betreten der Küche konnte sie leise Radiomusik hören, die aus dem Schuppen am Ende des Gartens kam, wo ihre Mutter arbeitete.

Georgia ließ ihre Sachen auf dem Küchentisch zurück und rannte über die kleine Wiese. Pip, ihr treuer schwarzweißer Spaniel, der in der letzten Abendsonne ein Nickerchen gemacht hatte, sprang auf, um sie mit wedelndem Schwanz zu begrüßen.

Dann streckte Georgia den Kopf in den Schuppen und rief: »Hallo, Mama!«

»Oh, hallo, mein Liebes.« Georgias Mutter blickte auf. »Ich muss ganz die Zeit vergessen haben.« Sie streifte eine Haarsträhne aus dem Gesicht und strich über ihre farbverspritzte Schürze. »Hattest du einen guten Tag?«

»Ja, es war einfach toll, danke.« Georgia ging zu ihrer Mutter und gab ihr einen Kuss. »Hast du schon gegessen?«

»Nur ein Sandwich«, antwortete ihre Mutter. »Was ist mit dir?«

»Ich hab in Wadebridge schon etwas gegessen«, sagte Georgia.

»Und? Wie habt ihr euch geschlagen?«, wollte ihre Mutter wissen.

»Zwei erste und drei zweite Plätze.« Georgia strahlte.

»Super!«, freute sich ihre Mutter. »Aber du siehst auch ziemlich kaputt aus, Liebes. Du solltest bald zu Bett gehen, damit du morgen in der Schule fit bist.«

Schule! Georgia stöhnte, doch ihre Mutter hatte natürlich recht. »Klar, Mum.«

»Hast du wie versprochen während der Fahrt noch ein wenig gelernt?«, fragte ihre Mutter.

»Ja«, antwortete Georgia und kreuzte die Finger hinter dem Rücken.

»Gut.« Lucy Black nickte, und Georgia beeilte sich, zurück ins Haus und ins obere Stockwerk zu kommen.

Sobald sie in ihrem kleinen Zimmer war, in dem jede

freie Wand entweder mit Fotos und Postern von Pferden oder Gemälden ihrer Mutter bedeckt war, spürte sie, wie die Erschöpfung sich in ihr breitmachte. Es hatte keinen Sinn – jetzt konnte sie beim besten Willen nicht mehr lernen. Sie musste morgen einfach früher aufstehen. Georgia versuchte, nicht zu dem Stoß von Schulbüchern zu blicken, der sich auf ihrem Schreibtisch gefährlich stapelte. Schnell machte sie sich bettfertig, schlüpfte in ihren Schlafanzug und ließ sich dankbar ins Bett fallen.

Sie schlief auf der Stelle ein und träumte schon bald von dem, was sie am liebsten auf der Welt mochte: Ponys! Sie war umgeben von wunderschönen, mutigen Jagdpferden, eleganten Turnierpferden mit geschmeidigem Gang und herausgeputzten Springpferden, die ihre Hindernisse mit einem eleganten Satz nahmen …

Kapitel drei

»Georgia!«, ertönte die Stimme ihrer Mutter am nächsten Morgen. »Bist du fertig für die Schule?«

Stöhnend öffnete Georgia ein Auge und streckte die Hand nach ihrem Wecker aus. Wie spät war es denn? Was? Schon acht Uhr! Es war überhaupt keine Zeit mehr, sich noch irgendwelche Schulbücher anzusehen. Wenn sie Pech hatte, kam sie womöglich sogar noch zu spät zur Schule!

Sanft leckte Pip ihr über die Wange, während Georgia aufstand und versuchte, sich auf den vor ihr liegenden Tag zu konzentrieren. Sie hatte nur noch fünf Minuten, um sich anzuziehen und zu frühstücken.

Rasch schlüpfte sie in ihre marineblaue Schuluniform, putzte sich im Eiltempo die Zähne und band ihr Haar zurück, bevor sie die Treppe hinunterstürmte.

Der Geruch von gebratenem Speck lag in der Luft. Ihre Mutter stand in der Küche. Sie sah müde aus und hatte dunkle Ringe unter den Augen.

»Du hast doch nicht die ganze Nacht durchgearbeitet, Mum, oder?«

»Guten Morgen, Liebes.« Georgias Mutter lächelte sie an und antwortete nicht auf die Frage, was bedeutete, dass sie auf jeden Fall durchgearbeitet hatte. »Bist du bereit?«

»So bereit, wie ich nur sein kann«, antwortete Georgia, streichelte Ralphy, ihre große getigerte Katze, und schnappte sich dann ein Stück Toast. Sie trank noch einen Schluck Tee und gab ihrer Mutter einen Kuss auf die Wange. »Tschüs, Mum.«

»Nimm wenigstens noch einen zweiten Toast!«, rief Lucy Black. »Du brauchst Energie …«

Doch Georgia war bereits aus der Tür und rannte, ohne anzuhalten, zur Straße hinunter. Der Schulbus, in dem sich Georgias beste Freundin Emma befand, ratterte schon um die Ecke.

»Hierher, Georgie.« Emma strahlte sie an, während Georgia sich durch den Gang schob. Die beiden Mädchen waren schon seit ihrem ersten Schultag Freundinnen, auch wenn sie nicht unterschiedlicher hätten sein können. Emma war immer schick gekleidet, und ihre braunen Haare waren stets ordentlich gekämmt. Georgia dagegen kümmerte sich überhaupt nicht um ihr Aussehen, und ihr langes blondes Haar hing die meiste Zeit achtlos über ihre Schultern.

»Ich bin so nervös, Georgie«, sprudelte es aus Emma heraus, sobald Georgia sich zu ihr gesetzt hatte, und sie verzog besorgt die Stirn.

»Ach komm, du machst das doch bestimmt super, Em«, sagte Georgia und umarmte ihre Freundin. »Du brauchst dir keine Sorgen zu machen.«

Während der Bus seine Route abfuhr, begann Georgia, wie verrückt ihre Notizen durchzublättern, um sich verzweifelt in letzter Minute noch ein paar Dinge einzuprägen, bevor sie bei der Schule ankamen.

Als der Bus anhielt, stiegen Georgia und Emma aus und liefen die Treppe zu dem modernen Schulgebäude aus rotem Backstein hinauf. Schüler strömten durch alle Flure, und nervöses Geplapper erfüllte die Luft.

»Bis später dann, Em«, rief Georgia über ihre Schulter, als sie das Klassenzimmer betraten. Schnell hatte sie ihren Platz gefunden und setzte sich. Unruhig drehte sie ihren Stift, starrte auf ihre abgebissenen Fingernägel und warf Emma noch einmal einen Blick zu.

»Viel Glück!«, flüsterte sie, bevor der Lehrer ihnen befahl, die vor ihnen liegenden Blätter umzudrehen.

Die Prüfungen waren eine Katastrophe. Georgia wusste es in der Sekunde, in der sie die Fragen sah. Als sie den Raum verließ und um sie herum aufgeregt geredet wurde, war ihr fast schlecht. Wie hatte sie nur glauben können, es mit so wenig Aufwand schaffen zu können? Und wahrscheinlich würde es mit jedem Tag nur noch schlimmer werden.

Ihre Befürchtung stellte sich leider als wahr heraus. Nach den Prüfungen am Mittwoch, Donnerstag und Freitag konnte Georgia nicht mehr klar denken, und alles verschwamm ineinander. Sie war einfach bloß froh, als endlich alles vorbei war. Am Freitagnachmittag, als sie aus dem Schulgebäude in den hellen Sonnenschein heraustraten, verspürte sie nur noch Erleichterung.

»Puh! Gott sei Dank ist das jetzt vorbei!« Georgia drehte sich zu Emma und hatte nur noch einen einzigen Gedanken: Sie musste zu den Ponys! Die ganze Woche war sie nicht dort gewesen, und das hatte sie fast umgebracht.

»Komm doch mit mir nach Redgrove, Em«, bat Georgia.

Emma verdrehte die Augen. »Ich weiß nicht … Ich möchte eigentlich lieber nach Hause und überlegen, was ich zum Mittsommertanz anziehe.«

»Der Mittsommertanz!«, rief Georgia aus. »Aber bis dahin dauert es ja noch ewig. Der ist doch erst ganz spät am Ende der Ferien. Kannst du denn an nichts anderes denken?«

»Ist aber besser, als die ganze Zeit an Pferde zu denken!«, zog Emma sie auf.

»Ich weiß nicht«, antwortete Georgia nachdenklich. »Aber hör mal, wenn ich am Wochenende mit dir shoppen gehe, kommst du dann jetzt mit mir zu den Ponys?«

Emma tat einen Moment lang, als müsse sie überlegen. Dann grinste sie ihre Freundin an. »Abgemacht«, antwortete sie.

Die beiden Mädchen rannten lachend zum Bus.

»Redgrove ... wir kommen!«, rief Georgia.

Kapitel vier

Auf dem Hof war an diesem Nachmittag nicht viel los, und so dauerte es nicht allzu lange, bis Georgia und Emma die ganzen Arbeiten erledigt hatten, die während der Woche liegengeblieben waren. Es war schön gewesen, die Pferde zu sehen, aber Georgia war erschöpft, als sie zu Hause ankam – und dankbar, endlich ins Bett zu können. Es war eine anstrengende Woche gewesen.

Am nächsten Tag, als Georgia aufwachte, kamen ihr als Erstes die Prüfungen in den Sinn … und dann fiel ihr ein, dass sie vorbei waren! Juhu! Und nicht nur das, es war auch noch Samstag. So wie die Sonne durch den Spalt zwischen den Vorhängen schien, sah es so aus, als wäre es der perfekte Tag zum Reiten!

Georgia stieg aus dem Bett und zog die Vorhänge auf. Nach einem Abstecher ins Badezimmer schlüpfte sie in rosa Shorts und ein gestreiftes T-Shirt. Als Nächstes packte sie ihre marineblaue Reithose, die braunen Reitstiefel, die Beinschützer und ihren Reithelm obenauf, bevor sie den Reißverschluss ihres ausgebeulten Rucksacks zuzog.

Ihre Mutter war noch nicht wach, also schlich sie auf Zehenspitzen nach unten und machte sich Frühstück. »Morgen, Pip!«, flüsterte sie und tätschelte den kleinen Spaniel, nachdem sie ihrer Mutter einen Zettel geschrieben hatte. Dann trat sie in den Sonnenschein hinaus.

Im Handumdrehen fuhr sie mit dem Rad die Hauptstraße entlang zur Redgrove Farm.

Melanie war gerade dabei, die Blumen in den Hängetöpfen zu gießen, als Georgia ihr Fahrrad am Zaun abstellte. Sie winkte ihr zu.

»Du bist ja früh dran«, rief sie lachend. »Bist du so lieb und bringst Wilson herein? Das wollte ich eigentlich gerade machen, aber ich muss noch die Blumen gießen, bevor es zu heiß wird. Sophie hat um neun eine Reitstunde bei Janey Meadon.«

»Klar«, sagte Georgia. Sie mochte Sophies Reitlehrerin. Janey stellte ein Team für das Springturnier im Round-Barrow-Ponyclub zusammen, und Sophie war eine der vier ausgewählten Reiterinnen. Georgia ging so oft wie möglich mit zu den Übungsstunden des Teams, in der Hoffnung, vielleicht ein paar Tipps aufzuschnappen. »Wo ist Sophie denn?«, fragte sie.

»Sie liegt noch im Bett.« Melanie verdrehte die Augen

und drehte das Wasser des Gartenschlauchs ab. »Sie war gestern bei irgendeiner Party ... und erst nach zwölf zu Hause.«

»Klingt, als hätte sie Spaß gehabt«, meinte Georgia lachend und holte Wilsons weiches Lederhalfter und das Führseil. Wobei sie sich in Wirklichkeit eigentlich nichts Schlimmeres vorstellen konnte. Sie selbst stand lieber zeitig auf, um bei den Pferden zu sein, statt abends wegzugehen. Sie und Melanie tauschten ein wissendes Lächeln, dann ging Georgia auf die Koppel, um Wilson zu holen.

Sobald sie ihn in den Hof gebracht hatte – Callie durfte weiter friedlich auf der Weide grasen –, machte Georgia sich an die Arbeit. Wilson hatte sich anscheinend ausgiebig auf der Erde gewälzt, so dass er mit einer dicken Staubschicht überzogen war. Georgia bürstete ihn gründlich, bevor sie seine schwarze Mähne mit Wasser anfeuchtete. Sobald er wieder am ganzen Körper glänzte und seine Hufe ausgekratzt und mit Huföl eingepinselt waren, machte sie einen Schritt zurück, um ihre Arbeit zu bewundern. »Na also, mein Junge«, murmelte Georgia zufrieden. »Jetzt bist du wieder schön.«

Wilson stand still da, seine Augen waren halb geschlossen, und vor Zufriedenheit ließ er seine Unterlippe schlaff herunterhängen.

Georgia wollte ihm gerade seine Bandagen für die kurze Fahrt im Transporter umlegen, als Sophie auftauchte. »Hi«, grüßte sie lustlos.

Sie sah müde aus, die Wimperntusche vom gestrigen Abend war um die Augen verschmiert, und ihr Haar hatte sie in einem unordentlichen Knoten auf dem Kopf zusammengebunden. Ihre Freundin Tory begleitete sie und starrte Georgia abfällig an.

Georgia runzelte die Stirn. Sie mochte Tory nicht. Sophie und Tory waren schon seit einigen Jahren befreundet, doch Georgia verstand überhaupt nicht, warum, denn sie selbst hielt Tory für ziemlich eingebildet und unhöflich. Das einzig Gute an ihr war ihr Pony Nightingale!

»Oh, schau mal, Sophie, deine kleine Stallmagd ist schon bei der Arbeit«, sagte Tory.

Georgia seufzte innerlich. *Geht das schon wieder los!*

»Tory ...«, Sophie kicherte nervös und sah verlegen aus, doch das schien das andere Mädchen nicht abzuhalten.

»Da hätten wir gut noch ein wenig länger schlafen können«, fuhr Tory fort. »Georgia ist hier draußen bei der Dreckarbeit ja in ihrem Element.«

»Sei nicht so gemein, Tory«, sagte Sophie und wurde nun doch rot.

Georgia errötete ebenfalls und drehte sich weg. Sie war sich sehr wohl bewusst, dass sie nicht zu Sophies vornehmen Schulfreundinnen passte, aber war das wirklich ein Grund, so gemein zu sein?

Tory grinste hämisch. »Wir müssen los, Sophie«, drängte sie. »Meine Mutter will uns bei Janey treffen, sie kommt mit Nightingale direkt dorthin. Harry wird auch da sein.« Sie warf Sophie mit hochgezogenen Augenbrauen ein vielsagendes Lächeln zu.

»Harry?«, fragte Sophie. »Harry Blake?«

»Gibt es einen anderen Harry?«, fragte Tory, woraufhin Sophie errötete und kicherte.

Also wirklich! Georgia verdrehte die Augen. Diese zwei dachten ja an nichts anderes als an Jungs. Georgia verstand beim besten Willen nicht, was das ganze Theater um Harry Blake sollte. Um ehrlich zu sein, fand sie ihn ziemlich langweilig. Allerdings hatte er ein schönes Pferd – einen großen gescheckten Wallach namens Hector.

»Also, was glaubst du, wird Harry sagen, wenn …«

Die beiden Freundinnen unterhielten sich leise, und Georgia brachte Wilson in den Anhänger. Sobald er sicher darin untergebracht war, suchte sie nach Melanie.

»Wilson ist fertig«, sagte sie, während sie ihren Kopf durch die Küchentür streckte.

»Wunderbar, Georgia.« Melanie lächelte sie dankbar an. »Wollen wir dann los?«

»Klar.« Georgia nickte, froh, dass sie dabei sein durfte. »Ich bin so weit.«

Janey Meadon wartete bereits an den Ställen auf sie, als der Pferdeanhänger in den Hof fuhr. Harry war ebenfalls dort, zusammen mit einem anderen Mädchen, Lottie Fisher, die Georgia bereits kannte. Harry und Lottie waren die beiden anderen Mitglieder im Round-Barrow-Springreitteam.

Sobald alle aufgesessen waren und das Training begann, sah Georgia interessiert zu, wie die Reitschüler zum Aufwärmen durch die Arena trabten oder galoppierten, bevor sie schließlich einer nach dem anderen gekonnt über die farbigen Stangen und Hindernisse sprangen, die Janey aufgestellt hatte.

»So ist es gut, jetzt die Kombination, Sophie«, rief Janey. »Versuch ein In-Out.«

Georgia schaute Wilson für ihr Leben gern beim Springen zu. Seinem intelligenten, freundlichen Gesicht sah man die Begeisterung beim Bewältigen der Hindernisse an. Meist nahm er sie mit Leichtigkeit, und niemals verweigerte oder umging er sie.

»Eines Tages kann ich das auch … hoffe ich jedenfalls«, flüsterte Georgia vor sich hin.

Als das Training zu Ende war, winkte Janey die Reiter zu sich. »Kommt zu mir in die Sattelkammer. Teambesprechung«, ordnete sie an.

Georgia ging zu Sophie und nahm Wilsons Zügel, sobald ihre Freundin abgestiegen war, und führte den Wallach herum, damit er abkühlen konnte. Wilson sah zwar kaum ermüdet aus, aber Georgia wollte dennoch sichergehen, dass er sich ordentlich abgekühlt hatte, bevor sie ihn abrieb und ihm seine Schweißdecke überwarf. Dann band sie ihn am Pferdeanhänger fest.

Die Teambesprechung war anscheinend kurz ausgefallen, da Sophie und Tory vor der Sattelkammer herumhingen und sich mit Harry unterhielten, der sich gegen seine Pferdebox lehnte und versuchte, lässig und erwachsen zu wirken.

Georgia musste insgeheim lachen und tätschelte Wilson. »Also ich hätte jedenfalls lieber ein Pony statt irgend so einen blöden Freund«, sagte sie zu dem Pferd, das prompt aufhörte, Heu aus seinem Netz zu ziehen, um stattdessen den Kopf an ihrem T-Shirt zu reiben, was fast wie ein stillschweigendes Einverständnis wirkte. Auch wenn Georgia ein klein wenig enttäuscht war, dass sie den ganzen Tag nicht selbst hatte reiten können, tröstete sie sich mit dem Gedanken, dass die Sommerferien vor der Tür standen – und damit auch die Woche, in der sie die Pferde alle für sich allein haben würde. Sie konnte es kaum erwarten. Nur noch eine Woche Schule überstehen, dann wäre es geschafft. Die gesamten Sommerferien lagen vor ihr, und damit durfte sie sich auf all die Wochen freuen, die sie mit nichts anderem als den Ponys verbringen konnte.

Kapitel fünf

Doch einige Tage später platzte Georgias Traum. Sie saß im Direktorat – zusammen mit ihrer Mutter, die zu dem Gespräch dazu gebeten worden war – und versuchte, sich auf das zu konzentrieren, was Mrs Jenkins gerade sagte.

»Die Prüfungsergebnisse waren leider nicht sehr gut, Georgia.« Mrs Jenkins blickte von ihrem Schreibtisch auf und spähte über ihre Lesebrille. »Ich mache mir Sorgen, dass du das Schuljahr vielleicht wiederholen musst, wenn du bereits so startest, verstehst du?«

Georgia bekam regelrechte Panik. Wiederholen wollte sie ganz bestimmt nicht! Aus den Augenwinkeln sah sie ihre Mutter die Stirn runzeln.

Mrs Jenkins fuhr fort: »Aber es gibt noch eine andere Möglichkeit. Du könntest in deinen schwächsten Fächern einen Intensivkurs an einer Ferienschule in Wales belegen. Wir haben in der Vergangenheit festgestellt, dass Schüler dabei im Nu wieder aufgeholt haben.«

»Ferienschule?« Georgia sah zu ihrer Mutter.

»Wenn du dich nur etwas besser auf die Aufgaben konzentrieren würdest, Georgia«, fuhr Mrs Jenkins fort. »Deine Lehrer sagen, dass du während des Unterrichts häufig vor dich hin träumst. Dabei bist du ein kluges Mädchen, und es wäre ein Jammer, wenn du das Jahr wiederholen müsstest. Wenn du wenigstens eine Woche lang einen solchen Ferienkurs absolvieren würdest, könntest du sicher in Geographie und Geschichte aufholen, und deine Noten würden sich rasch verbessern.«

Mrs Jenkins drehte sich zu Georgias Mutter. »Keine Sorge, Mrs Black. Der Kurs wird subventioniert. Sie müssten nur für das Essen und die Unterkunft zahlen, und das ist recht preiswert.«

Georgia schluckte schwer. Sie fühlte sich furchtbar. Das Geld war so schon knapp genug, ohne dass ihre Mutter noch Geld für einen Kurs aufbringen musste, der eigentlich gar nicht nötig sein sollte. Georgia konnte den besorgten Gesichtsausdruck ihrer Mutter kaum ertragen.

Mrs Black räusperte sich. »Mrs Jenkins«, fragte sie dann zögernd, »wann würde der Kurs denn beginnen?«

»Nächste Woche«, antwortete Mrs Jenkins. »Gleich in der ersten Ferienwoche.«

Georgia spürte Tränen in ihre Augen steigen. Das war

die Woche, in der sie Wilson ganz für sich allein hätte haben sollen!

»Tja, das hört sich für mich nach einer guten Idee an«, sagte Georgias Mutter. »Wir möchten doch beide nicht, dass du die Klasse wiederholen musst, Georgia, oder?«

Georgia stöhnte innerlich und ließ sich gegen die Lehne ihres Stuhls fallen.

Mrs Jenkins wurde etwas nachsichtiger. »Gib dir einen Stoß, Georgia«, sagte sie freundlich. »Es ist doch nur eine Woche, und man versucht dort, alles so unterhaltsam wie möglich zu gestalten. Selbstverständlich gibt es auch schriftliche Arbeiten, aber es werden auch Ausflüge gemacht, und Brecon ist ein sehr hübscher Ort ...«

Das konnte Georgias Laune natürlich auch nicht heben, aber sie bemühte sich um ein Lächeln. »Also gut.«

»Wunderbar!« Mrs Jenkins strahlte. »Vergiss aber nicht, genug Regenkleidung mitzunehmen, ja? Leider meldet die Wettervorhersage Regen.«

Na toll, noch besser, dachte Georgia, und auf einmal hatte sie einen Kloß im Hals, als sie daran dachte, wie viel wunderbare Zeit mit den Pferden ihr dadurch entgehen würde.

Und so saß Georgia am Montagmorgen bei strömendem Regen im Bus, unterwegs zu einem Ferienkurs, zu dem sie eigentlich gar keine Lust hatte. Aber sie hatte keine Wahl. Sie wollte ganz sicher nicht das Jahr wiederholen und dadurch von Emma oder ihren anderen Freundinnen getrennt werden. Also hatte sie ihrer Mutter versprochen, sich in der Schule mehr anzustrengen. Oder vielmehr hatte ihre Mutter ihr klargemacht, dass sie sich entweder von nun an mehr auf die Schule konzentrieren müsste oder sie noch einmal darüber reden würden, wie viel Zeit Georgia bei den Pferden verbringen durfte.

Als Georgia an jenem Abend ins Bett gegangen war, hätte sie sich am liebsten unter ihrer Daunendecke zu einem kleinen Ball zusammengerollt. Natürlich waren die Pferde bei ihrer Rückkehr immer noch da, doch Georgia hatte ihre Chance verpasst, Wilson ganz allein für sich zu haben. Vor ihrer Abreise hatte sie ihn noch gestreichelt und dabei – so kam es ihr zumindest vor – stundenlang in seine dunkle Mähne geweint.

Während sie jetzt so allein nach draußen in den Regen starrte, fiel es Georgia schwer, zuversichtlich zu sein. Als sie eine große Brücke überquerten und sich nun laut einem Straßenschild Wales näherten, verdunkelte sich der Himmel noch mehr, noch dickere Regentropfen prasselten auf den Bus herab und versetzten Georgia in eine noch düsterere Stimmung.

Es schienen Stunden vergangen zu sein, als der Bus

schließlich im Schatten einer großen Bergkette anhielt und alle im strömenden Regen stöhnend und jammernd ausstiegen.

Der Kurs begann noch am gleichen Tag. Bereits eine Stunde nach ihrer Ankunft wurden sie, als es einmal eine Regenpause gab, auf eine Geographie-Exkursion geschickt, um so viele Wildpflanzen wie möglich zu bestimmen. Das war gleichzeitig als eine Art Eisbrecher gedacht, da sie alle zusammen in der Gruppe arbeiten sollten.

Georgia hatte jedoch das Gefühl, als könnte es nicht mehr viel schlimmer werden. Sie murrte vor sich hin, während sie über den schlammigen Pfad marschierte. Plötzlich unterbrach eine Stimme, die ihr bekannt vorkam, ihre vor Selbstmitleid triefenden Gedanken.

»Hey, du bist doch in Emma Clarks Klasse, oder?«

Georgia sah sich um und entdeckte einen Jungen mit aschblondem Haar, einer leicht schiefen Nase und jeder Menge Sommersprossen. Es war Daniel Coleman, der Sohn eines Farmers aus ihrer Gegend. Sie kannte ihn nicht sehr gut, aber sie wusste, dass er in ihrem Jahrgang an der Schule war.

»Ja, stimmt.« Georgia zögerte. »Sie ist meine beste Freundin.«

»Ich mag Em.« Er grinste. »Hör mal, wir brauchen für diese Übung einen Partner, also wie wär's? Allerdings bin ich bei diesem Kram ziemlich schlecht, muss ich zugeben.«

Georgia lachte. »Du verkaufst dich aber nicht besonders gut«, sagte sie. »Obwohl ich wahrscheinlich beim Bestimmen auch nicht viel besser bin. Die einzigen Pflanzen, die ich kenne, sind diejenigen, die für Pferde giftig sind!«

»Ach genau«, sagte Daniel mit einem Lächeln. »Dann bist du wohl das Mädchen, das verrückt nach Ponys ist. Ich persönlich kann das ja nicht wirklich verstehen, ich mag Kühe viel lieber!« Aber er grinste dabei, und Georgia merkte, dass ihre Laune schon etwas besser wurde.

Die Übung dauerte lange und war ganz schön anstrengend, aber Georgia gab sich große Mühe. Bis zur Essenspause hatten sie und Daniel siebzehn von zwanzig Pflanzen bestimmt und waren selbst überrascht, als sie die höchste Bewertung bekamen. Daniel gab Georgia ein High Five und brachte sie gleich wieder zum Lachen, während sie sich mit der restlichen Gruppe zu einem Spaziergang aufmachten. Der Ferienkurs stellte sich leider dennoch als genau so langweilig heraus, wie sie befürchtet hatte, aber zumindest hatte sie einen unterhaltsamen Leidensgenossen.

Ihr Ausflug führte sie durch die Berggegend. Nach einem kurzen Regenschauer schimmerte der allgegenwärtige Farn im Sonnenlicht, und kleine Gebirgsbäche plätscherten über die Felsen. Georgia musste zugeben, dass die Gegend hier wirklich schön war.

»Also gut, alle zusammen. Ich denke, wir sind jetzt weit genug gelaufen«, verkündete einer der Lehrer, als sie sich schließlich ein paar über Hügeln verstreuten alten Farmhäusern näherten. »Wir machen eine kleine Rast, bevor wir mit der nächsten Übung beginnen.«

Dankbar breitete Georgia ihren Regenmantel aus und setzte sich darauf, bevor sie die Wasserflasche aus ihrer Tasche holte.

»Fünfzehn Minuten Pause, dann geht's weiter. Dieser Farn zeichnet sich nicht von allein«, rief der Lehrer.

Georgia stöhnte. Sie wollte gerade ihr Gesicht in die Sonne drehen und die Augen schließen, als sie plötzlich auf eine Bewegung in der Ferne aufmerksam wurde. War es das, was sie glaubte? Ein Pony? Hier draußen in den Bergen?«

Georgia kniff die Augen zusammen und sah genauer hin. Und tatsächlich, ein Stückchen weiter den Hügel hinauf stand ein Pony auf einer Koppel neben einem verlassen aussehenden Farmhaus.

»Bin gleich wieder da«, sagte sie schnell zu Daniel und stand auf.

»Wo willst du denn hin, Georgia? Georgia …?«

Doch Georgia antwortete nicht mehr. So schnell sie

ıe den Pfad hoch zu dem Pony. Als sie sich ıäherte, wurde sie jedoch langsamer, um es verschrecken.

paar Schritte entfernt, neben einem Tor, blieb sie en, während das Pony – ein Palomino – zu ihr nach ten sah. Es war gewiss das hübscheste Pony, das Georgia je gesehen hatte, auch wenn es etwas verwahrlost aussah. Es hatte ein goldenes Fell mit einem kleinen rosa Fleck zwischen den zitternden Nüstern und riesige goldbraune Augen, aus denen es Georgia genau beobachtete. Seine cremefarbene Mähne reichte bis über die Schultern und der Schweif bis zum Boden, doch beide waren schmutzig und voller Kletten. Das Pony hatte einen kleinen, hübschen Kopf, starke Beine und eine rundliche, muskulöse Hinterhand. Auch wenn es dringend gepflegt und gebürstet werden musste, war es einfach wunderschön.

Georgia erinnerte sich daran, dass sie ein Pfefferminz in ihrer Tasche hatte, holte es heraus und hielt es auf ihrer ausgestreckten flachen Hand dem Pony hin.

»Hier, Kleines«, rief sie leise.

Einen Moment lang sah es so aus, als wollte das Pony zu ihr herüberkommen und es nehmen. Georgia sah ihm fest in die Augen. »Komm schon, meine Schöne«, lockte sie.

Doch dann drehte das Palomino mit einem Schnauben und einem Schweifschlagen ab und galoppierte in die am weitesten entfernte Ecke der Koppel.

»Schade«, murmelte Georgia und sah ihm nach. Seufzend blickte sie auf die Uhr. Die Viertelstunde war wie im Fluge vergangen.

Sie machte kehrt, musste dabei aber immer an das Palomino denken. Was machte es nur hier draußen? Warum sah es so ungepflegt aus, und wo war sein Besitzer? Ein Pony war das Letzte, was Georgia auf dieser Exkursion erwartet hatte, und eine gewisse Aufregung machte sich in ihr breit.

»Dan ... Daniel!«, rief sie, als sie schwer atmend von ihrem kleinen Sprint wieder bei der Gruppe ankam. »Du wirst nie erraten, was ich gerade entdeckt habe.«

»Doch hoffentlich nicht noch ein tolles Exemplar vom Stechginster?«, antwortete Daniel und verdrehte die Augen.

»Nein, du Scherzkeks.« Georgia lachte und rempelte ihn spielerisch mit der Schulter an. »Komm mit und schau es dir selbst an. Schnell!« Sie zog ihn auf die Füße und eilte mit ihm zurück den Pfad hinauf, hinüber zu der Stelle, wo das kleine Pony jetzt stand und sie misstrauisch ansah.

»Was macht es nur so ganz allein hier draußen?«, fragte Daniel.

Georgia hatte nicht mehr die Zeit, darauf zu antworten, denn nun tauchte einer der Lehrer auf dem Weg auf und rief zu ihnen hoch: »Kommt schon, ihr zwei! Es ist Zeit weiterzugehen. Wir müssen noch ein paar Zeichnungen anfertigen und dann unsere heutigen Funde analysieren.«

Daniel zuckte mit den Schultern und drehte sich zu Georgia. »Macht nichts. Wir können ja ein andermal wieder hierher zurückkommen. Aber jetzt sollten wir lieber gehen.«

Georgia seufzte. Sie wusste, dass sie keine andere Wahl hatte, doch als sie da stand und das Palomino ansah, zerriss es ihr fast das Herz. Sie konnte es kaum ertragen wegzugehen, besonders da sie wusste, dass sie den restlichen Tag für den Unterricht im Hause bleiben musste. Und sie hatte ihrer Mutter versprochen, sich bei diesem Kurs richtig anzustrengen.

Georgia warf dem hübschen Pony noch einen letzten Blick zu und versprach ihm flüsternd: »Ich komme morgen wieder. Du wirst schon sehen.«

Kapitel sechs

»Schreib für mich mit und denk dir eine Entschuldigung für mich aus, wenn jemand fragt, okay?«, bat Georgia am nächsten Tag ihren Freund Daniel.

Sie hatten bereits einen Vormittag voller Aktivitäten hinter sich, und Georgia hatte sich voll und ganz darauf konzentriert, auch wenn es sie die ganze Zeit eigentlich drängte, nach dem Palomino zu schauen. Es war kaum auszuhalten, dass sie einen Teich abmessen musste, wenn es doch gleichzeitig ganz in der Nähe ein so wunderbares Pony gab. Ihr war bewusst, dass sie ihr Versprechen ihrer Mutter gegenüber brach, aber das Palomino sah nicht so aus, als würde sich jemand um es kümmern, und Georgia musste einfach mehr herausfinden. Ihre Mutter hatte ein weiches Herz, wenn es um Tiere ging, und Georgia wusste, dass sie es in ihrem tiefsten Inneren verstehen würde. Nun, zumindest hoffte sie das. Und schließlich konnte sie auch mit Daniels Aufzeichnungen lernen. Also war das doch gar nicht so schlimm, oder? Georgia hatte Melanie gestern Abend noch eine SMS geschickt und ihr von der kleinen Stute erzählt, und Melanie hatte ihr interessiert geantwortet.

»Warte, Georgia ... Was soll ich denn sagen?«, rief Daniel.

Doch er bekam keine Antwort mehr. Georgia hatte gesehen, wie sich der Lehrer über eine Karte beugte, und die Gelegenheit ergriffen, nach einem kurzen Blick über ihre Schulter den Hügel hinunterzulaufen. Diesmal waren sie weiter nach oben gestiegen, doch Georgia hatte immer darauf geachtet, die Orientierung zu behalten. Sie hatte es sogar geschafft, am Morgen beim Abwasch ein paar Karotten aus der Küche mitzunehmen.

So schnell Georgia konnte, rannte sie einen sich schlängelnden Pfad hinab, über ein paar kleine Buckel und an schmalen Bächen vorbei.

Nach etwa fünf Minuten blieb sie stehen und sah sich um. Sie hätte schwören können, das Pony sei irgendwo hier gewesen, aber im Moment konnte sie nichts mehr wiedererkennen. Schweren Herzens wollte Georgia schon aufgeben und zurückgehen, als sie ein schwaches Geräusch in der Ferne hörte. Es war wirklich nur ganz leise, aber Georgia erkannte es sofort – ein Wiehern!

Sie wirbelte herum und nahm eiligst den Pfad zu ihrer Linken, bis sie im offenen Moorland war. Und da, vor ihr, lag die schiefe kleine Hütte, und daneben erstreckte sich eine Wiese, die als Pferdekoppel diente.

»Da bist du ja«, murmelte sie, während das kleine Pony den Kopf hob und sie anstarrte. Jemand musste gestern oder heute hier gewesen sein, denn am Zaun hing ein Heunetz, und auch ein Eimer mit sauberem Wasser stand da. Das Palomino selbst war noch genauso schmutzig wie gestern. Wie gern hätte Georgia es gebürstet, wenn sie nur nahe genug herankommen würde.

Vorsichtig ging sie auf das Pony zu und blieb dann am Zaun stehen.

Das Pony blieb ebenfalls stehen, mit weitgeöffneten Nüstern schüttelte es unruhig den Kopf, während es den Neuankömmling beobachtete.

»Alles gut, meine Schöne«, sagte Georgia beruhigend. »Ich tu dir nichts. Ich will deine Freundin sein.« Sie zog eine der Karotten aus ihrer Tasche und legte sie auf ihre Hand.

Im ersten Moment dachte Georgia, dass das Palomino stehen bleiben würde, doch während sie wartete, begann das Pony zögernd auf sie zuzukommen.

»So ist es gut«, sagte Georgia leise. »Lass dir ruhig Zeit.«

Doch dann, ein paar Schritte vor ihr, blieb das Tier wieder stehen. »Komm schon«, lockte Georgia es.

Doch es schien, als wolle sich ihr das Pony nur genau bis dahin und nicht einen Schritt weiter nähern.

Georgia lockte und redete ihm gut zu und sprach die ganzen nächsten zwanzig Minuten auf das Pony ein, dennoch bewegte es sich keinen Schritt weiter. Georgia musste sich geschlagen geben. Sie konnte nicht von Daniel verlangen, dass er sie noch länger deckte, denn sie war bereits eine halbe Stunde weg.

Sie warf ihren Bund Karotten über den Zaun und ging widerstrebend zurück, dabei drehte sie sich noch einmal um.

Jetzt, da Georgia sich in ausreichender Entfernung befand, senkte das Palomino den Kopf und begann, an den Karotten zu knabbern.

Georgia lächelte. »Na also. Das war doch schon mal ein Anfang, oder?«

Kapitel sieben

An den nächsten Tagen stand Georgia immer zeitig auf, um das Palomino zu besuchen. Sie konnte einfach nicht anders. Um ehrlich zu sein, konnte sie zwischen all den Exkursionen und Unterrichtsstunden nur noch an das Pony denken.

Sie hatte es noch nicht geschafft, der kleinen Stute näher zu kommen, doch am zweiten Morgen, als Georgia den Pfad zur Hütte hinauflief, hatte das Pony ein leises Wiehern hören lassen. Es war, als hätte es sie erwartet!

Georgias Herz machte einen Sprung. »Hallo, du schönes Palomino«, antwortete sie und streckte die Hand nach dem Tier aus, während sie sich über den Holzzaun beugte. Das Palomino war nur wenige Zentimeter entfernt, schien jedoch sehr angespannt zu sein, als wolle es jeden Augenblick umdrehen und fliehen.

Vorsichtig und langsam beugte Georgia sich weiter vor und streckte eine Hand aus.

Das Pony schnaubte und machte sofort einen Schritt

zurück. Doch dann passierte etwas Merkwürdiges. Es streckte noch einmal den Hals aus und berührte ganz kurz Georgias Hand mit der Nase. Sofort spürte Georgia, wie ein warmes Gefühl sie durchdrang und sie sich entspannte.

»Soso.« Eine Stimme hinter ihr ließ Georgia zusammenzucken.

Die Worte durchbrachen den Zauber des Moments, und das Pony wirbelte herum und galoppierte davon, so dass Georgia mit einem feinen Nebel aus Schlamm und Wasser besprüht wurde. Dennoch war dieser Moment ausreichend gewesen, um Georgia etwas wirklich Besonderes empfinden zu lassen. Es hatte eine Verbindung zwischen ihr und dem Palomino gegeben.

Nun drehte Georgia sich um und stand einem älteren Mann gegenüber, der altmodische Tweedkleidung trug. Sein Gesicht war wettergegerbt, und gleichzeitig sah er sehr zerbrechlich aus. »Du hast also Lily kennengelernt, wie ich sehe«, stellte er fest.

»Lily«, wiederholte Georgia atemlos. Das war also der Name des geheimnisvollen Ponys. Er passte wunderbar zu ihm.

»Du bist seit langer Zeit der erste Mensch, der sich ihr nähern darf«, bemerkte der alte Mann. »Abgesehen von mir natürlich.« Er sprach mit einem starken Akzent, der sich wie eine Art Singsang anhörte.

»Ich dachte schon, ich hätte etwas falsch gemacht«, antwortete Georgia lächelnd, »weil es so lang gedauert hat, bis ich mich mit ihr anfreunden konnte.«

»Nein, nein, du hast nichts falsch gemacht«, versicherte der alte Mann. »Sie ist einfach nur sehr misstrauisch. Sie hat ein paar schlechte Erfahrungen gemacht. Aber ich vergesse ganz meine guten Manieren. Wenn ich mich vorstellen darf.« Der alte Mann streckte die Hand aus. »Mein Name ist Eric.«

»Und ich, ähm, bin Georgia«, antwortete Georgia, ergriff seine Hand und schüttelte sie. »Ich bin in einem Ferienkurs gleich hier in der Nähe.«

»Ah, dachte ich mir doch, dass du nicht aus der Gegend bist«, sagte Eric. »Dann magst du also Ponys, ja?«

»Ob ich sie mag? Ich *liebe* sie.« Georgia wurde rot. »Gehört Ihnen Lily? Warum ist sie denn so scheu?« Georgia hatte so viele Fragen.

»Ja, man könnte wohl sagen, dass sie mir gehört«, antwortete der alte Mann rätselhaft. »Ich bin gerade erst aus dem Krankenhaus gekommen«, fuhr er fort und musste gleich darauf heftig husten.

Georgia nickte. Das erklärte zumindest, warum das Pony so verwahrlost aussah, allerdings erklärte es nicht, warum es so furchtbar nervös war. Und wer es gefüttert hatte.

Der alte Mann streckte seine Hand nach dem Pony

aus, und prompt kam Lily auf ihn zu und legte ihren Kopf in seine Hand. Eric streichelte liebevoll ihren Hals.

»Ich habe sie selbst gezüchtet«, erklärte Eric. Er beugte sich über den Zaun und blies in die Nüstern des kleinen Ponys. »Sie hätte ein Weltklasse-Turnierpony werden sollen.«

Das Palomino hatte sich sichtlich entspannt, und die beiden standen zufrieden einen Moment zusammen, bis der alte Mann einen Schritt zurück machte.

»Hätte sollen?«, fragte Georgia schließlich.

»Ja«, bestätigte Eric. »Sie stammt von einer meiner besten Stuten ab. Doch dann bekam Jemma, meine Enkelin sie, und … nun ja, sagen wir einfach der Rest ist Geschichte. Das war das Ende von Lilys Karriere.«

»Wieso denn?« Georgia sah ihn aus großen Augen an. »Was ist passiert?«

»Ein Unfall«, antwortete der alte Mann mit einem abfälligen Schnauben. »Auch wenn es nicht Lilys Schuld war.«

Als Georgia das hübsche kleine Pony mit dem zierlichen Kopf und den großen braunen Augen betrachtete, wusste sie genau, dass es keinesfalls Lilys Schuld gewesen sein konnte.

»Aber was ist denn dann genau passiert?«, hakte Georgia nach. Sie wollte alles über das Palomino wissen.

»Sie hat Jemma abgeworfen.« Eric schüttelte den Kopf. »Jemma hatte mal wieder mit ihrem Handy telefoniert und versuchte, Lily anzutreiben, obwohl Lily unsicher war. Lily war immer schon etwas nervös und vorsichtig, aber sie ist nicht bösartig. So ist sie eben veranlagt. Dann hat sie etwas erschreckt, und sie rannte davon. Ich fand sie schließlich draußen in den Bergen. Meine Schwiegertochter, Jemmas Mutter, wollte, dass sie sofort getötet wird, aber damit war ich nicht einverstanden. Stattdessen brachte ich sie hierher zu mir. Hier wohne ich, seit ich das Gestüt verlassen habe.« Er deutete in die ungefähre Richtung eines großen Gehöfts in der Ferne. »Carlamu«, sagte er.

»Carlamu?« Georgia wiederholte das Wort zögernd.

»Ja, das ist Walisisch und bedeutet *Galopp*. Danach ist das Carlamu-Gestüt benannt«, erklärte Eric. »Ich war früher der Besitzer – aber inzwischen gehört es meinem Sohn und meiner Schwiegertochter. Als ich schwer krank wurde, blieb mir nichts anderes übrig, als das Geschäft zu übergeben.« Eric musste zwischendurch immer wieder husten. »Jetzt bin ich müde und erschöpft.« Er streckte die Hand aus, Lily schnupperte kurz daran und stupste ihn dann liebevoll an. »Deshalb muss sie leider auch weg. Ich werde sie sehr vermissen.«

»Weg?«, wiederholte Georgia.

»Ja«, sagte der alte Mann. »Morgen Nachmittag um vier Uhr. Jemma und ihre Cousins werden sie abholen. Sie soll am Samstag bei der Landwirtschaftsausstellung in Builth versteigert werden. Ich kann mich leider nicht mehr länger um sie kümmern.«

Der Mann sah ziemlich aufgewühlt aus und schüttelte traurig den Kopf.

Georgia spürte Panik in sich aufsteigen. Eine Versteigerung? Das bedeutete, sie würde das Pony vielleicht nie mehr wiedersehen! Das durfte sie einfach nicht zulassen! In diesem kurzen Augenblick, als sie sich berührten, hatte es diese besondere Verbindung zwischen ihnen gegeben. Georgia wusste genau, dass sie intuitiv den wahren Geist und die Seele des Ponys erkannt hatte, und das Palomino hatte ihr endgültig das Herz gestohlen.

Sie biss sich auf die Unterlippe. Das Pony konnte an jeden verkauft werden – bei dem Zustand, in dem es war, sogar an einen Pferdemetzger! Diesen Gedanken konnte Georgia nicht ertragen.

»Bitte«, sagte sie. »Bitte, lassen Sie Lily nicht wegbringen. Bitte kümmern Sie sich hier um sie.«

»Ich wünschte, das könnte ich«, antwortete der alte Mann, und in seinen blauen Augen standen Tränen. »Aber ich kann leider nichts mehr dagegen tun. Ich bin nicht mehr stark genug. Es ist nicht das, was ich mir für

Lily gewünscht hätte. Ich werde morgen nicht hier sein, um mich von ihr zu verabschieden. Ich hasse Abschiede.« Er lächelte schwach. »Also, junges Fräulein, es war nett, dich kennenzulernen. Genieß deinen Aufenthalt hier.«

Und damit drehte er sich um, humpelte den Weg zurück und ließ Georgia allein und gedankenverloren an der Koppel stehen…

Kapitel acht

Georgia stand wie versteinert da und sah dem alten Mann nach, wie er mit seinem Stock mühsam den Weg entlanghumpelte. Ein Kloß bildete sich in ihrem Hals.

Plötzlich hörte sie hinter sich ein Geräusch, und jemand rief nach ihr. Daniel!

»Georgia! Komm schon! Du hast gesagt, du wärst nur zehn Minuten weg. Wir müssen zurück!«

»Zurück?« Georgia sah sich fragend um, die Gedanken an die Unterrichtsstunden waren völlig vergessen. Unmöglich konnte sie Lily ihrem Schicksal überlassen. Sie musste einfach etwas unternehmen. »Daniel, es geht um Lily«, rief sie. »Ich … ähm … wir brauchen einen Plan!«

»Lily?« Daniel sah sie verständnislos an.

»Das Pony«, erklärte Georgia ungeduldig und deutete auf die kleine Stute vor ihnen. »Sie soll am Wochenende verkauft werden!« Rasch erzählte Georgia ihm alles, was der alte Mann ihr erzählt hatte – dass Lily eigentlich gezüchtet worden war, um bei Turnieren zu gewinnen, dann aber schlecht behandelt worden war. Und sie berichtete schließlich auch, dass das Palomino schon am Nachmittag des morgigen Tages abgeholt werden sollte.

Daniel machte große Augen. »Aber was sollen wir denn tun?«

»Ich weiß ja auch nicht!«, erwiderte Georgia geknickt. »Ich muss zurück und nachdenken!«

»In Ordnung«, sagte Daniel. »Ich helfe dir. Ich bin ganz gut im Ideensammeln und Plänemachen. Auch wenn ich zugeben muss, dass ich bis jetzt noch keinen blassen Schimmer habe, was wir tun könnten.«

Georgia nickte. Sie hatte ebenfalls keine Ahnung, aber sie war erleichtert, dass zumindest Daniel mit seiner Tierliebe und seiner mitfühlenden Art an ihrer Seite war.

Sie verabschiedeten sich von Lily, dann liefen sie den Hang hinunter und weiter zur Lichtung, wo die restliche Gruppe mit den Aufgaben ihrer Exkursion beschäftigt war. Prompt rannten sie auch gleich einer Lehrerin in die Arme.

»Miss ... Miss«, reagierte Daniel spontan. »Georgia fühlt sich nicht besonders gut. Darf ich sie zurück in die Unterkunft bringen?«

»O Georgia, was ist denn mit dir?« Die Lehrerin schaute sie besorgt an und streckte die Hand aus, um ihre Stirn zu fühlen. »Du scheinst tatsächlich leicht erhöhte Temperatur zu haben.« Sie zögerte. »Also gut, dann geht zurück. Du solltest dich lieber hinlegen. Und vielleicht ist es besser, wenn du auf sie aufpasst, Daniel, wenn ihr nicht gut ist.«

Daniel warf Georgia einen vielsagenden Blick zu, und die beiden beeilten sich wegzukommen.

Zurück im Haus, schnappte Georgia sich ihr Handy und scrollte schnell durch ihre Kontakte zu Melanies Nummer.

»Komm schon, Melanie … bitte geh ran«, murmelte sie, als sie auf Anrufen gedrückt hatte.

Praktisch sofort meldete sich eine vertraute Stimme am anderen Ende der Leitung. »Hallo, Georgia! Das ist ja eine nette Überraschung!«

»Ach Melanie!« Georgia war so erleichtert, dass sie sofort anfing zu schluchzen. »Es geht um das Pony. Das, von dem ich dir schon geschrieben habe … es soll morgen für den Verkauf abgeholt werden.« Die Worte sprudelten nur so aus ihr heraus. »Und ich mache mir solche Sorgen, dass ein Pferdemetzger es kauft, weil es momentan nicht gerade in guter Verfassung ist. Aber Melanie, es ist ein so besonderes Pony. Wenn du es nur sehen könntest …«

»Okay, okay, beruhige dich erst mal, Georgia«, antwortete Melanie besänftigend. »Ganz ruhig.«

»Kannst du nicht kommen und es dir ansehen? Bitte? Glaub mir, es hat etwas ganz Besonderes an sich …«

Sie hörte, wie Melanie tief Luft holte.

»Moment mal, Georgia, langsam«, sagte Melanie. »Wann, sagtest du, soll es verkauft werden?«

»Am Samstag«, antwortete Georgia. »Aber morgen Nachmittag soll es schon abgeholt werden.«

Am anderen Ende der Leitung herrschte Schweigen. Es war klar, dass Melanie nachdachte. Die Sekunden schienen Georgia wie Stunden. Die Zeit hing in der Luft, so zart wie ein Spinnennetz. Auch Lilys Leben hing am seidenen Faden.

Schließlich sprach Melanie wieder. »Also gut, hier ist der Plan«, sagte sie. »Simon sagt mir ja immer, ich sei waghalsig und würde viel zu oft nur meinem Herzen folgen, aber du hast mir in der Vergangenheit so viel geholfen. Pass auf, ich werde kommen und sehen, was ich tun kann. Ich vertraue deinem Instinkt, du hast ein Auge für ein gutes Pferd, und ich hätte liebend gern ein Palomino auf Redgrove. Aber wenn ich es nicht für geeignet halte, musst du akzeptieren, dass es verkauft wird.«

Georgia schnappte nach Luft. Sie konnte kaum glauben, was sie da hörte.

»Ich werde morgen früh mit dem Anhänger losfahren«, sagte Melanie jetzt. »Also sollte ich gegen Nachmittag bei euch sein. Könntest du vielleicht so lange bei dem Pony bleiben? Damit du alles erklären kannst, wenn jemand es holen will, bevor ich da bin. Wann ist dein Kurs denn zu Ende?«

»Ähm ...«, Georgia überlegte fieberhaft. »Ich glaube, wir sind gegen Mittag fertig und haben dann einen freien Nachmittag. Ich gehe zu Lily und pass auf sie auf, sobald ich kann.«

»Super. Ich melde mich morgen, sobald ich in der Nähe bin«, sagte Melanie. »Jetzt rufe ich noch deine Mutter an und gebe ihr Bescheid.«

»Danke, vielen, vielen Dank«, stieß Georgia atemlos hervor. »Ich weiß gar nicht, was ich sagen soll.«

Wieder herrschte am anderen Ende der Leitung ein kurzes Schweigen, bevor Melanie sprach. Sie holte tief Luft. »Du brauchst dich nicht zu bedanken ... *noch nicht* ...«

»Wow!«, rief Daniel aus, als Georgia das Gespräch beendet und ihm von Melanies Antwort erzählt hatte. »Wow, das ist ja toll! Wir können Lily tatsächlich retten!«

»Ganz genau!«, antwortete Georgia mit einem breiten Grinsen.

»Und ohne weiter nachzudenken, warf Georgia die Arme um Daniel und umarmte ihn ganz fest. Sobald ihr klarwurde, was sie da tat, zog sie sich verlegen wieder zurück. Aber sie hatte einfach nicht anders gekonnt. Es bestand eine echte Chance, dass sie das wunderschöne Palomino retten konnten – und zumindest darüber war sie überglücklich!

Kapitel neun

Am nächsten Nachmittag, als Daniel und Georgia auf einer Wiese am Hügel saßen, von der sie beim Warten Lilys Koppel überblicken konnten, war alles ruhig. Niemand war zu sehen, während die Sonne wacker versuchte, sich durch die dunklen Wolken zu kämpfen. Georgia hatte mit ihrer Vermutung des freien Nachmittags recht gehabt, was bedeutete, dass sie noch nicht einmal Unterricht schwänzen mussten.

Lily schien nichts gegen ihre Gesellschaft zu haben und stand ganz ruhig nur ein paar Meter entfernt, beobachtete sie jedoch immer mit einem Auge. Daniel streckte seine langen Beine aus.

»Ehrlich, Georgia, du und deine Ponys! Das werde ich wohl nie verstehen!« Doch er lächelte, als er das sagte.

»Was meinst du denn damit? Sie sind einfach die schönsten und treuesten Tiere auf der ganzen Welt«, erwiderte Georgia entschieden.

Daniel lächelte. Er fand es gut, wie nachdrücklich sie

ihren Standpunkt vertrat. »Ich würde ja eigentlich selbst ganz gern reiten lernen, weißt du«, erzählte er. »Meine Mutter hatte früher auch ein Pferd, doch dann starb sie, und es wäre schön, damit wieder irgendwie eine Verbindung zu ihr zu haben.«

Georgia sog voller Mitgefühl die Luft ein. »O Daniel, das tut mir leid. Das wusste ich nicht.«

Daniel schüttelte den Kopf. »Mach dir keine Gedanken«, sagte er. »Wir kommen schon klar, mein Dad, mein Bruder Ben und ich. Wir kriegen das mit der Farm ganz gut hin.«

Georgia wusste nicht, was sie sagen sollte. Die ganze Woche hatte sie sich dauernd selbst bemitleidet, und dabei hatte Daniel viel Schlimmeres zu bewältigen. Spontan fasste sie seine Hand, ließ sie aber verlegen sofort wieder fallen.

»Hör doch mal!«, sagte Daniel plötzlich, als Stimmen in der Stille zu hören waren. In diesem Augenblick tauchten drei Personen auf, ein Mädchen und zwei ältere Jungen kamen über die Hügelkuppe.

Das Mädchen war in teure Reitkleidung gekleidet und hielt eine Reitgerte in der Hand. Ihr blondes Haar war modisch geschnitten, und Georgia schätzte sie auf etwa vierzehn, also vielleicht nur ein Jahr älter als sie selbst. Sie strahlte eine gewisse Selbstsicherheit aus, die schon fast an Hochmut grenzte, so als würde sie immer ihren Willen durchsetzen. Das musste Jemma, Erics Enkelin sein.

Die beiden Jungen waren wohl ein paar Jahre älter. Beide trugen regenfeste Kleidung und hatten Seile dabei und zu Georgias Erstaunen etwas, das nach einem Bleirohr aussah.

»Also du bist wohl die, die sich bei *meinem* Pony rumgetrieben hat, ja?«, sagte das Mädchen schnippisch zu Georgia, sobald sie näher kam. »Mein Opa meinte, du hättest dich mit Lily angefreundet oder so. Tja, vielen Dank auch.« Ihre Stimme triefte nur so vor Sarkasmus. »Aber du kannst dich jetzt verziehen.« Jemma machte eine entsprechende Handbewegung. »Wir holen Lily ab, damit sie versteigert werden kann.«

»Deshalb wollte ich ja mit dir reden«, erwiderte Georgia entschieden, ballte die Hände zu Fäusten und ließ sie dann wieder locker. Innerlich zitterte sie.

»Ach ja?« Das Mädchen richtete einen eiskalten Blick aus ihren blauen Augen auf Georgia.

»Ja, äh, genau. Wir möchten sie gern kaufen, ähm, bevor sie …« Die Worte kamen nicht ganz so flüssig, wie Georgia sich gewünscht hätte.

»Du?« Jemma musterte sie lachend.

»Ja«, stieß Georgia hervor. »Na ja, nicht ich direkt, aber eine Freundin. Sie ist schon auf dem Weg mit einem Pferdetransporter.«

»Ach ja?« Das Mädchen lachte wieder, es klang grausam spöttisch. »Aber ich will sie gar nicht privat verkaufen. Ich will, dass sie versteigert wird – mal sehen, was sie einbringt. Bei ihrer Abstammung zieht sie bestimmt die besten Käufer an.«

»Oh.« Georgia zögerte. Lily war in einem so fürchterlichen Zustand, dass sie das nicht erwartet hatte, doch andererseits war sie ja tatsächlich als Turnier-Pony gezüchtet worden, oder? Vielleicht war sie ja immer noch sehr viel wert. »Tja, dann müssen wir wohl zur Versteigerung gehen«, sagte sie plötzlich verunsichert.

»Genau«, erwiderte Jemma knapp. »Auch wenn du nicht so aussiehst, als könntest du dir einen Hamster leisten, geschweige denn ein Pony!«

»He, das reicht jetzt!«, mischte Daniel sich ein, doch das Mädchen achtete gar nicht mehr auf sie. Entschlossen marschierte sie auf Lily zu, die bei ihrem Anblick zurückwich. Als sich Jemma dem Pony noch weiter näherte, wieherte Lily ängstlich und galoppierte davon, die Ohren flach an den Kopf angelegt.

»Dieses blöde Vieh!«, schimpfte einer der Jungen. »Ich hab doch gesagt, so geht das nicht. Also gut, Andy, hol den Transporter. Wir müssen sie hineintreiben.«

Georgia blickte zu Jemma, die rot vor Wut war und sich ungeduldig mit der Gerte gegen den Stiefel schlug.

Lily zitterte jetzt, ihre rosa Nasenflügel waren weit aufgebläht.

Georgia und Daniel sahen zu, wie der Transporter rückwärts bis zum Tor fuhr. Daniel musste Georgia zurückhalten, als sie hinlaufen wollte. »Es ist nicht unser Pony, vergiss das nicht«, erinnerte er sie leise.

Die drei Jugendlichen begannen damit, das Pony in Richtung des Lasters zu treiben, einer der Jungen schlug mit dem Rohr auf Lilys Hinterbeine, als sie ausbrechen wollte.

»Nein!«, rief Georgia und riss sich aus Daniels Griff los und eilte hinüber. »Tut ihr nicht weh!«

Doch es war zu spät. Jemma schlug Lily kräftig mit ihrer Gerte über die Kruppe. Lily wieherte laut vor Schmerz, sie bäumte sich auf und stieß Jemma dabei zu Boden. Blitzschnell sprang Jemma wieder auf, und mit einem wütenden Schrei packte sie das Rohr, das der Junge hielt.

»Also bitte, du Miststück«, schrie sie. »Mal sehen, wie dir das gefällt!« Sie hob das Rohr, als wolle sie Lily auf den Kopf schlagen, doch das Palomino hatte sich instinktiv bereits gedreht. Bevor Georgia wusste, was geschah, unternahm Lily einen neuerlichen Fluchtversuch. Sie sprang über das Schafgitter, das am Anhänger lehnte und als Gatter dienen sollte, hinaus aufs Feld.

Als sie nach dem Sprung wieder auf dem Boden aufkam, strauchelte sie jedoch und stürzte.

Georgia und Daniel rannten auf sie zu. Lily versuchte aufzustehen, doch sie war offensichtlich außer Atem.

»Schnell!«, kreischte Jemma. »Legt ihr ein Halfter um. Sofort!«

Beim Klang von Jemmas Stimme kämpfte sich das Pony jedoch panisch auf die Füße und galoppierte blindlings den Hügel hinauf. Bevor irgendjemand sie aufhalten konnte, war sie frei und preschte so schnell davon, dass man bald nichts mehr von ihr sehen konnte.

Kapitel zehn

»Das ist alles deine Schuld!« Jemma richtete ihre Wut jetzt auf Georgia, der inzwischen Tränen über die Wangen liefen. Daniel berührte Georgias Arm beruhigend. »Vergesst das Pony«, sagte Jemma zu den beiden Jungen. »Wir hätten es sowieso nur an den Metzger verkauft. Es ist bösartig und gemein.«

»Nein, ist es gar nicht!«, schluchzte Georgia. »*Du* bist es. Du bist diejenige, die gemein und bösartig ist! Wenn Lily so panisch davonrennt, könnte sie sich verletzen.«

Jemma lachte. »Tja, das geschähe ihr ganz recht!«

Und damit stiegen Jemma und die beiden Jungen in den Laster und fuhren davon. Zurück blieben nur noch tiefe Reifenspuren im feuchten Boden.

»Was sollen wir denn bloß tun?«, jammerte Georgia. »Wir können doch jetzt nicht einfach weggehen. Lily hatte solche Angst, und wer weiß, ob sie sich bei ihrer Raserei verletzt. Wir müssen sie unbedingt suchen!«

»In Ordnung«, sagte Daniel zögernd. »Aber vielleicht rufst du erst mal Melanie an? Frag sie doch, wo sie ist.«

»Du hast recht.« Georgia zog ihr Handy heraus und drückte die entsprechenden Tasten. »Anscheinend geht sie beim Fahren nicht ans Telefon«, sagte sie nach einem Moment, als niemand sich meldete. »Komm, Daniel, gehen wir los.«

Sie folgten den Hufabdrücken, so schnell sie konnten, bis sie in ein bewaldetes Tal gelangten. Der Boden wurde sumpfiger, mit großen Grasbüscheln dazwischen, die das Fortkommen erschwerten. Bald waren sie im Wald, wo immer noch deutliche Hufabdrücke im Boden zu erkennen waren.

Nachdem sie den Spuren vielleicht eine Viertelstunde lang im Laufschritt gefolgt waren, hob Daniel schwer atmend eine Hand. »Georgia, ich bin ganz außer Atem. Lass uns mal fünf Minuten Pause machen, okay?«

»In Ordnung«, stimmte Georgia zu und ließ sich gegen den nächsten Baum fallen. Ihre Lungen brannten, und ihr Herz hämmerte wie verrückt. Georgia bezweifelte, dass sie selbst noch viel länger so hätte weiterrennen können.

Auf einmal begann es zu regnen – anfänglich fielen die dicken, fetten Tropfen nur langsam. Dann öffnete der Himmel seine Schleusen, und sehr schnell waren Georgia und Daniel völlig durchnässt. Georgias dünne

Hose klebte an ihren Beinen, und das Haar klatschte an ihren Kopf, und der Regen lief unablässig in ihre Augen. Sie begann leise zu weinen. Das Ganze war hoffnungslos! Lily konnte sich in die Berge geflüchtet haben oder, noch schlimmer, auf der Hauptstraße überfahren worden sein. Der Gedanke, dass das wunderschöne Palomino von einem Auto angefahren worden sein könnte, verursachte Georgia regelrecht Schmerzen.

In diesem Augenblick berührte Daniel ihren Arm und legte einen Finger auf seine Lippen. »Ich habe etwas gehört«, flüsterte er drängend. »Komm mit, ich glaube, es war unten am Fluss!«

Sie rannten, so schnell es ihnen das unwegsame Gelände erlaubte, hinunter zum steil abfallenden Flussufer. Georgia entfuhr ein entsetzter Schrei. Sie konnte das Pony sehen! Lily versuchte, den Fluss zu überqueren! Das Wasser reichte bereits bis zu ihren Sprunggelenken, und zögernd versuchte sie, sich einen Weg durchs tiefere Wasser zu bahnen.

Georgia stürmte das Flussufer hinunter, rutschte dabei aus und riss sich die Hände auf. Daniel war dicht hinter ihr. Lily schrak zusammen und verfiel wieder in Panik. Bevor Georgia sie noch aufhalten konnte, hatte sich Lily ins Wasser gestürzt und paddelte mit aller Kraft gegen die Strömung an.

Daniel legte eine Hand auf Georgias Schulter. »Sie

schafft es vielleicht allein, Georgia. Und sieh mal, die andere Seite ist eingezäunt, also kann sie nicht weg.«

Georgia beobachtete Lilys Anstrengungen voller Sorge und betete, dass das kleine Pony es schaffte.

»Schau … dort drüben können wir den Fluss überqueren.« Daniel deutete auf einen schmalen Teilabschnitt ein Stück weiter oben, über den ein riesiger, quer liegender Baumstamm als behelfsmäßige Brücke führte.

Ohne groß zu überlegen, stapfte Georgia das Flussufer entlang zu dem Baumstamm und kletterte vorsichtig darüber, ohne das Pony aus den Augen zu lassen. Als Daniel den Fluss ebenfalls sicher überquert hatte, rannten die beiden am anderen Ufer entlang zu Lily, die jetzt ungefähr zwei Drittel des Weges durch den Fluss zurückgelegt hatte. Ihre Nüstern waren aufgebläht vor Anstrengung, die Augen vor Furcht weit aufgerissen.

»Komm schon, Lily«, sprach Georgia ihr gut zu. »Du schaffst es!«

Doch im nächsten Moment verschwand das Pony unvermittelt aus ihrer Sicht. Anscheinend hatte es in der starken Strömung den Halt verloren. Georgia stieß einen entsetzten Schrei aus.

Zum Glück tauchte Lily kurz darauf wieder auf und versuchte panisch, gegen die Strömung anzukämpfen, doch sie wurde immer schwächer und vom Wasser mitgerissen.

Georgia und Daniel rannten neben ihr am Ufer entlang, bis zu einer Stelle, wo der Fluss sich erneut verschmälerte. Sofort machte Georgia sich daran, ihren Regenmantel und ihre Schuhe auszuziehen.

»Was machst du denn?«, rief Daniel.

»Ich gehe rein!«, antwortete Georgia und rutschte das Ufer hinunter zum Wasser.

»O nein, das tust du nicht«, entgegnete Daniel. »Ich bin der Stärkere von uns beiden!«

Und bevor Georgia ihn aufhalten konnte, tastete er sich brusttief ins Wasser hinein.

Lily wurde jetzt zum Glück nicht mehr vom Sog weggetragen und schaffte es, aus der Flussmitte herauszukommen. Doch dann konnte sie anscheinend nicht mehr weiter. Inzwischen hatte Daniel die Stute erreicht, benötigte jedoch seine ganze Kraft, um sich gegen die Strömung zu behaupten. Lily war zu erschöpft, um panisch zu reagieren, als er in ihre Mähne griff und ihren Kopf über Wasser zog. Mit aller Kraft zerrte er sie Richtung Ufer.

In diesem Augenblick klingelte Georgias Telefon. Schnell griff sie danach, doch ihre Hände waren eiskalt, und als sie auf den Knopf drückte, um das Gespräch anzunehmen, fiel ihr das Gerät aus der Hand.

»Ich bin gleich da«, schallte es knisternd aus der Hörmuschel. Das war Melanie, die über die Freisprechanlage im Auto sprach. »Ich folge deinen Richtungsangaben und bin auf der Hauptstraße kurz vor Brecon.«

Georgia hob das Handy schnell auf und hielt es zitternd an ihr Ohr. »O Melanie, wie gut, aber bitte beeil dich!« Sie blickte sich um. Wie sollte sie die ihr unbekannte Umgebung beschreiben? »Das Pony ist weggelaufen und steckt jetzt im Fluss fest!« Georgia konnte das schwache Rauschen des Verkehrs auf der Straße über sich hören und hoffte, es war die Route, die Melanie nahm. »Ich weiß nicht genau, wo wir sind«, stieß sie zwischen Schluchzern hervor. »Irgendwo unterhalb der Hauptstraße im Wald.« Gehetzt blickte sie sich nach irgendwelchen Orientierungspunkten um. »Da ist eine Art Scheune mit einem Metalldach links von mir … hoffentlich findest du uns!«, fügte sie hinzu.

»In Ordnung, Georgia, ich bin ja gleich da. Haltet durch!« Kurz bevor Georgia ihr Handy zuklappte, hörte sie, wie Melanie Gas gab.

In diesem Augenblick rief Daniel nach ihr, und in seiner Stimme klang leichte Panik mit. »Georgia, Georgia, komm schnell. Ich kann sie nicht mehr länger halten!«

Ohne zu zögern, preschte Georgia ins Wasser. Auch wenn sie mit den Füßen den steinernen Untergrund des Flussbettes erreichte, war die Strömung nicht zu unterschätzen. Der Schock des eiskalten Wassers ließ sie nach Luft schnappen. Ihre Kleidung hing schwer an ihr herunter, während sie sich halb schwimmend, halb gehend zu Daniel und dem Pony vorkämpfte. Als ihr Wasser ins Gesicht schwappte, musste sie heftig husten.

Sobald sie die beiden erreicht hatte, legte sie die Arme um Lilys Hals und hielt sie fest, während Dan versuchte, dem seitlich liegenden Pony auf die Füße zu helfen.

Zumindest schien Lily zu begreifen, dass Georgia und Daniel nur ihr Bestes wollten, und kämpfte nicht mehr gegen sie an. Sie ruderte im flachen Wasser mit den Beinen, bis sie es schließlich schaffte, sich zu drehen, wieder Boden unter die Füße zu bekommen und zum Ufer zu gehen. Nur noch bis zu den Fesseln im Wasser, blieb sie schließlich mit gesenktem Kopf und schwer atmend stehen. Ihre schöne Mähne und der Schweif klebten am Körper.

Georgia und Daniel schleppten sich selbst zum Ufer und ließen sich erschöpft auf den feuchten moosigen Boden neben dem Pony fallen.

Kapitel elf

»Georgia! Georgia, wo seid ihr?«

Georgia kam es so vor, als hätte es ewig gedauert, bis sie schließlich Melanies Stimme in der Ferne hörte.

»Hier unten!«, rief Georgia erleichtert zurück. »Hier sind wir!«

Und endlich stieg Melanie das Ufer zu ihnen hinunter. In einer Hand hielt sie ein Halfter, das sie Lily blitzschnell umlegte. Lily war zu schwach, um noch einmal wegzulaufen oder sich zu wehren. Melanie wollte das Pony so schnell wie möglich ins Warme und Trockene bringen und führte es vorsichtig zur Hauptstraße hinauf, wo sie den Transporter geparkt hatte.

Melanies Erscheinen verlieh Georgia neue Energie. Langsam stieg sie mit Dan hinauf zur Straße und ergriff dabei seine Hand, um nicht wieder abzurutschen. Der Anblick des vertrauten Pferdetransporters der Haydens war ausgesprochen beruhigend. Georgia kam es vor, als sei es das Beste, was sie je gesehen hatte, vor allem, als Melanie auch noch drei Wolldecken herausholte.

Gekonnt rieb sie Lily mit einer der Decken trocken und reichte die beiden anderen Georgia und Dan, die sich dankbar hineinwickelten. »Also gut, was war denn nun hier los?«, fragte Melanie, während sie Lily begutachtete und ihre Beine auf Verletzungen untersuchte.

Atemlos erklärte Georgia alles, was geschehen war – Jemmas Auftauchen und die bösen Worte, die gefallen waren, bevor sie beschrieb, wie Jemma das Pony geschlagen hatte und Lily deshalb fortgelaufen war.

»Donnerwetter, was für eine Geschichte«, sagte Melanie kopfschüttelnd. »Lily scheint so weit in Ordnung zu sein, aber wir sollten sie trotzdem noch zu einem Tierarzt bringen, der sie untersuchen muss.«

»Aber was ist mit Jemma? Und mit dem Verkauf?«, fragte Georgia. »Wenn wir sie einfach mitnehmen, ist das dann nicht Diebstahl?«

»Das mit dem Kauf regeln wir, sobald der Tierarzt sie sich angesehen hat und wir sie versorgt haben«, sagte Melanie entschlossen. »Fürs Erste ist es wichtig, dass das Tier in Sicherheit ist und dass ihr beide auch ins Warme und Trockene kommt. Mach dir keine Sorgen. Alles wird in Ordnung kommen. Aber wir müssen schnell handeln.«

»Danke, Melanie«, stieß Georgia hervor, erleichtert, dass eine Erwachsene die Verantwortung für die ganze Situation übernahm.

Sobald Lily sicher im Anhänger verstaut war, stiegen die drei ins Auto, und Melanie ließ den Motor an.

In diesem Augenblick fiel Georgia etwas ein. »Die Schule!«, rief sie entsetzt aus.

Daniel schluckte. »Ob sie wohl inzwischen bemerkt haben, dass wir weg sind?«

»Hm.« Melanie überlegte und verzog die Stirn. »Am besten ruft ihr sofort eure Eltern an und fragt, ob ihr vielleicht gleich heute mit mir nach Hause kommen dürft … ihr solltet doch sowieso morgen mit dem Bus nach Hause fahren, oder? Dann fahren wir in eurer Unterkunft vorbei, erklären alles und holen euer Gepäck ab. Das dürfte eigentlich kein Problem sein, oder?«

Dan und Georgia sahen sich verblüfft an. Georgia konnte sich zwar nicht vorstellen, dass irgendjemand Melanie jemals etwas abschlagen konnte, doch sie fragte sich, was ihre Mutter wohl dazu sagen würde, dass ihre Tochter eine Pferderettungsaktion gestartet hatte, obwohl sie sich doch aufs Lernen konzentrieren sollte. Diesen Gedanken verdrängte sie allerdings gleich wieder. Sie hatte einfach nicht anders handeln können, und sie würde es ihrer Mutter gegenüber eben wiedergutmachen müssen, indem sie ihr zeigte, dass sie ihr Versprechen hielt und fleißig lernte.

»Was Lily betrifft«, fuhr Melanie fort, und ihr Lächeln verschwand jetzt, »wie sollen wir denn diese Jemma ausfindig machen, die angeblich die Besitzerin ist? Hmm.« Man konnte ihr ansehen, dass sie konzentriert nachdachte. »Ich weiß ... wenn ich zu Hause bin, könnte ich beim Auktionator anrufen. Dort müsste das Pony im Katalog gelistet sein, und wir werden herausfinden können, welche Ponys noch nicht eingetroffen sind.«

»Danke, Melanie!« Georgia lächelte Melanie dankbar an. »Du wirst doch nicht zulassen, dass Jemma sie abholt, oder? Sie war so gemein zu ihr.«

»Auf keinen Fall.« Melanie drehte sich zu Georgia und erwiderte ihr Lächeln. »Nach dem, was du mir erzählt hast, geht Lily nirgendwohin, nicht nach all dem, was sie durchgemacht hat. Keine Sorge.«

Sie hielten bei der Ferienschule an, um alles zu erklären, trockene Kleidung anzuziehen und um ihre Sachen zu packen. Auf dem Heimweg machten sie noch einmal an einer Raststätte halt und bestellten sich heiße Schokolade.

Als sie nach Lily sahen, stand sie ruhig im Transporter. Georgia streckte vorsichtig die Hand aus, um sie zu streicheln, und obwohl das Pony zusammenzuckte, zog es zumindest den Kopf nicht weg. Georgia konnte das

Palomino sogar am Hals streicheln, der immer noch etwas feucht vom Abenteuer im Fluss war.

Melanie musterte sie durch die Tür des Transporters. »Sie ist wirklich eine Schönheit«, urteilte sie. »Trotz all dem Schlamm und Schmutz.«

Glücklicherweise war auf der Autobahn nicht viel los, als sie sich wieder auf den Weg machten, und ein paar Stunden später fuhr der Transporter in die Einfahrt der Redgrove Farm.

Sophie kam neugierig heraus, um sie zu begrüßen. Zu Georgias Erleichterung war Tory nirgends zu sehen.

Als sie die Rampe herunterklappten, wieherte Lily erschreckt. Georgia näherte sich ihr langsam und führte sie vorsichtig heraus. Sie brachte sie in den Stall, wo sie die Wassereimer auffüllte und das Strohbett auflockerte.

»Ich habe den Tierarzt angerufen«, sagte Melanie, als sie ein paar Minuten später ihren Kopf hereinstreckte. »Er kommt in der nächsten halben Stunde vorbei, um Lily zu untersuchen.«

»Danke«, sagte Georgia. »Bitte darf ich noch bei ihr bleiben, damit sie nicht solche Angst hat?«

Melanie lächelte. »Natürlich, aber pass auf. Vergiss nicht, dass sie nervös ist, also könnte sie vielleicht etwas Unerwartetes tun.«

»Klar«, antwortete Georgia leise. Wilson und Callie

waren für die Nacht in den Stall gebracht worden, also war Lily nicht alleine im Stall. Die beiden heimischen Pferde standen da und starrten den Neuankömmling interessiert an.

Daniel gähnte. »Hör mal, ich denke, ich gehe jetzt nach Hause«, sagte er, »und hau mich in die Wanne.«

»Klar doch«, antwortete Georgia. »Ich kann dir gar nicht genug danken, Daniel.« Sie stand auf und lächelte ihren neuen Freund an.

»Okay, dann sehen wir uns morgen?«, sagte Daniel und sah ein klein wenig verlegen aus. »Vielleicht schau ich mal vorbei, nachdem ich mich um die Kühe gekümmert habe?«

»Das wäre toll.« Georgia strahlte von einem Ohr zum anderen. »Du hast Lily das Leben gerettet. Bestimmt freut sie sich, dich zu sehen.« Sie senkte den Kopf, und den Rest murmelte sie mehr in Lilys Mähne: »Und ich freu mich auch ...«

Nachdem sie sich von Dan verabschiedet hatte, fuhr auch schon ein zerbeulter alter Landrover in den Hof, und ein großer, drahtiger Mann stieg aus. Der Tierarzt war da.

»Hallo, zusammen«, grüßte er, während er die Stalltür öffnete. »Also, wen haben wir denn nun hier?«

»Das ist Lily. Sie ist ziemlich nervös«, erklärte Georgia.

»Das ist sie wohl, nicht wahr?«, sagte er nachdenklich, fuhr mit den Händen über Lilys Beine und hörte sie mit dem Stethoskop ab, bevor er schließlich ihre Temperatur maß. Lily zitterte heftig, doch sie wehrte sich nicht. Sie spürte offensichtlich, dass der Tierarzt es gut mit ihr meinte.

»Sie ist in Ordnung, aber nach dem schweren Schock sollte sie heute Nacht unter Beobachtung bleiben,« riet der Tierarzt. »Ich komme morgen wieder vorbei und sehe sie mir noch einmal an.« Er lächelte Georgia an, die immer noch in die Pferdedecke gewickelt war. »Du siehst auch ziemlich erschöpft aus. Wenn ich du wäre, würde ich jetzt ebenfalls schlafen gehen. Nimm ein heißes Bad und geh bald ins Bett.«

Georgia wollte protestieren, doch Melanie, die gerade hinter ihm aufgetaucht war, stimmte ihm zu. »Komm schon, Georgia. Du musst auf dich achten. Und deine Mutter möchte dich bestimmt auch gern sehen.«

»Also gut.« Georgia seufzte. »Wenn ich dafür gleich morgen früh zurückkommen darf.«

»Aber natürlich darfst du das«, sagte Melanie. »Und in der Zwischenzeit kümmern wir uns gut um Lily.«

Georgia stieß einen zufriedenen Seufzer aus, als sie in die Badewanne stieg. Zum Glück hatte ihre Mutter verstanden, warum Georgia nicht anders gekonnt hatte, als das Pony zu retten, nachdem sie die ganze Geschichte gehört hatte. Selbst wenn sie immer noch beunruhigt über Georgias schulische Leistungen war, konnte auch sie es nicht ertragen, wenn ein Tier so schlecht behandelt wurde.

Georgia war noch nie so dankbar für ein heißes Bad gewesen. Sie musste mindestens eine Stunde im heißen Wasser gelegen haben und hatte es genossen, wieder im Warmen und sauber zu sein. Sie hatte ihr Haar gewaschen und war – eingehüllt in ihren flauschigen Bademantel – gerade dabei, es zu föhnen, als ihre Mutter die Treppe hochrief. Sie klang besorgt. »Georgia, Melanie ist am Telefon!«

Schnell eilte Georgia nach unten und nahm den Hörer. Nachdem sie kurz zugehört hatte, antwortete sie entschlossen. »Okay, ich bin gleich da.«

Ihre Mutter sah sie verblüfft an, als sie auflegte. »Georgia, du gehst um diese Uhrzeit nicht noch einmal aus dem Haus! Du musst ins Bett!«

»Aber es geht um Lily!«, protestierte Georgia. »Sie ist krank! Melanie musste noch einmal den Tierarzt holen. Ach Mum, bitte! Ich *muss* einfach zu ihr!«

Kapitel zwölf

Nachdem Georgia ihre Mutter überzeugt hatte, sie gehen zu lassen, zog sie sich schnell etwas an, eilte aus dem Haus und schnappte sich ihr Fahrrad. Schnell radelte sie zur Redgrove Farm. Dort führte Melanie das Palomino im Hof im Kreis herum. Lilys Flanken waren schweißnass.

»Sie hat Koliken, Georgia.« Melanie klang besorgt. »Nach deinem anstrengenden Tag wollte ich dich zuerst nicht anrufen. Doch dann dachte ich, dass du es bestimmt wissen willst. Der Tierarzt müsste jeden Moment zurückkommen.«

Georgia überlief es eiskalt. Sie wusste, dass Koliken zwar nichts Ungewöhnliches bei Pferden waren, allerdings konnten sie manchmal auch tödlich sein. *Nicht auch noch das, nach allem, was Lily bereits durchgemacht hat!*, betete sie.

»Sie muss zu viel Flusswasser geschluckt haben«, vermutete Melanie. »Oder vielleicht ist es auch ein verspäteter Schock. Führ sie weiter im Kreis herum. Ich sehe nach, wo der Tierarzt bleibt. Lass auf keinen Fall zu, dass sie sich auf dem Boden wälzt.«

Georgia nahm das Seil, das Melanie ihr entgegenhielt, und führte Lily weiter im Kreis herum. Der Bauch des kleinen Ponys gab ein beunruhigendes Grummeln von sich. Lily hatte offensichtlich furchtbare Schmerzen und versuchte immer wieder, an ihrem Bauch zu scharren. Sie sah Georgia aus riesigen, angsterfüllten Augen an und begann, sich auf die Knie niederzulassen.

»Nein!«, bettelte Georgia und zog mit aller Kraft am Seil. Sie hatte Angst, dass Lily tatsächlich anfing, sich auf dem Boden zu wälzen, was das Gefährlichste war, was ein Pferd mit einer Kolik tun konnte.

»Bitte, Lily. Gib nicht auf!« Schluchzend drückte Georgia sich gegen ihre Schulter und drängte sie, immer weiter im Hof herumzugehen. Gerade als sie dachte, ihre Beine gäben nach, kam der Tierarzt im Laufschritt durch das schmiedeeiserne Tor. Nach einem kurzen Blick auf Lily öffnete er sofort seinen Arztkoffer und holte eine Spritze heraus.

»Führ sie weiter!«, ordnete er an, während er eine Dosis Schmerzmittel abmaß.

Nachdem er Lily schnell das Medikament verabreicht hatte, nahm er Georgia das Seil aus der Hand. Lily rollte inzwischen wild mit den Augen, die Ohren hatte sie vor

Schmerz und Furcht eng an den Kopf angelegt. Georgia merkte, wie ein Schluchzen in ihrer Kehle aufstieg. Der Tierarzt war stärker als sie und schaffte es, das Pony zum Weiterlaufen zu bewegen. Georgia kam es so vor, als sei eine Ewigkeit vergangen, bis Lily sich allmählich wieder beruhigte.

»Ich werde ihr ein paar Kohletabletten geben, um das, was noch immer in ihrem Magen lauert, zu beseitigen«, erklärte der Arzt Georgia, während er Lilys Bauch mit dem Stethoskop abhörte. »Ich denke aber, sie wird wieder gesund. Zum Glück hat Melanie es rechtzeitig bemerkt, bevor sie sich auf dem Boden wälzen und ihre Innereien verdrehen konnte.«

Erleichterung machte sich in Georgia breit.

»Sie ist allerdings noch nicht völlig über den Berg«, warnte der Tierarzt. »Aber sie ist ein kräftiges Pony und jung und fit. Jetzt bringt sie zurück in den Stall, und ich kümmere mich um alles Weitere.«

Eine Stunde später zeigte Lily langsam Zeichen der Besserung. Georgia hielt sie mit einer Wolldecke warm. Auch wenn es Hochsommer war, war die Nacht doch etwas kühl, und Lily hatte heftig geschwitzt. Melanie harkte den aufgewühlten Boden, während Georgia Lilys Hals streichelte und ihre weißen Wimpern und winzigen Ohren betrachtete.

»Du bist so perfekt«, flüsterte sie, und das Pony gab ein leises Wiehern von sich.

»Sie hat viel durchgemacht, das arme Ding«, sagte Melanie, während sie Lilys Wassereimer füllte.

»Darf ich heute Nacht bei ihr bleiben?«, bat Georgia. »Ich kann auf sie aufpassen!« Flehend sah sie Melanie an.

Melanie zögerte. »Ich weiß nicht recht, Georgia. Wir müssen erst mal hören, was deine Mutter dazu sagt.«

»In Ordnung, aber wenn sie einverstanden ist, darf ich?«, bettelte Georgia.

»Dann schon.« Melanie lächelte. »Ich rufe sie gleich mal an. Ich denke, ich könnte die Haustür unverschlossen lassen, falls du mich brauchst.«

Leise schloss Melanie die untere Hälfte der Stalltür hinter sich und ging zurück ins Haus, um zu telefonieren. Kurz darauf kehrte sie mit einer dunkelblauen Decke zurück. »Ich habe mit deiner Mutter gesprochen«, sagte sie. »Sie ist nicht gerade begeistert, aber sie hat es schließlich doch erlaubt.«

»Ach, wie gut, danke!« Georgia strahlte glücklich durch eine Haarsträhne, die widerspenstig vor ihrem Gesicht hing, hindurch.

»Unter einer Bedingung«, fügte Melanie hinzu. »Dass du dein ganzes Abendessen aufisst. Sie ist damit gerade auf dem Weg hierher.«

»Ich denke, das schaffe ich«, sagte Georgia. Ans Essen hatte sie zwar gar nicht gedacht, aber jetzt, wo sie daran erinnert wurde, merkte sie, dass sie tatsächlich ziemlich hungrig war.

»Lily wird bestimmt sehr dankbar sein, wenn du bei ihr bleibst«, sagte Melanie. »Aber vergiss nicht, du musst mir Bescheid geben, wenn ich übernehmen soll. Ruf einfach nach mir, wenn du mich brauchst.«

»Danke, Melanie, das tu ich«, versprach Georgia und machte es sich im Stroh bequem.

Als Georgias Mutter etwa zehn Minuten später kam, brachte sie einen Behälter mit Suppe, ein knuspriges Brötchen und einen kleinen selbstgebackenen Kuchen mit.

Vorsichtig zog sie die Stalltür zurück. »Das ist ja ein Engelchen«, sagte sie flüsternd noch von der Türe aus.

»Ja, Mum, nicht wahr?«, stimmte Georgia ihr stolz zu. »Sie ist wunderschön und hat etwas ganz Besonderes an sich. Ich liebe sie jetzt schon.«

»Was soll ich nur mit dir machen, Georgia Black?« Ihre Mutter stellte das Abendessen auf die blaue Decke und beugte sich zu ihrer Tochter hinunter, um sie zu umarmen. »Bist du sicher, dass du hier heute Nacht klarkommst, Liebes?«, fragte sie.

»Auf jeden Fall«, antwortete Georgia entschlossen. »Ich muss einfach bleiben, Mum.«

Ihre Mutter lächelte. »Das dachte ich mir schon fast.«

Sie setzte sich zu Georgia, während diese ihr Abendessen verzehrte, und fragte sie über den Ferienkurs aus. Georgia beantwortete die Fragen, so gut sie konnte, und wurde nur ein ganz klein wenig rot, als Daniels Name fiel. Als dann schließlich alles aufgegessen war, stand ihre Mutter auf und fuhr ihrer Tochter noch einmal liebevoll durchs Haar. »Und dass du mir auch wirklich Melanie holst, wenn du sie brauchst«, bat sie, bevor sie den Stall verließ. Sie blieb noch einmal stehen und blickte über die Tür. »Und versuch, trotzdem etwas zu schlafen, Liebes.«

»Mach ich. Danke, Mum.« Georgia lächelte sie dankbar an.

Nachdem ihre Mutter gegangen war, kuschelte Georgia sich ins Stroh und zog die Decke über sich. Sie konnte gar nicht glauben, wie ruhig die Nacht war, nach der ganzen Aufregung des Tages. Lily stand reglos ganz hinten in der Box, ein Bein angehoben. Sie kam nicht näher, aber sie sah auch nicht mehr ängstlich aus.

Georgia war nach den ereignisreichen letzten vierundzwanzig Stunden erschöpft. Obwohl sie gegen den Schlaf ankämpfte und wach bleiben wollte, um das Pony zu beobachten, wurden ihre Augenlider immer schwerer und schwerer. Schließlich, als Lily mit einem kleinen Seufzer ihre Augen schloss, erlaubte auch Georgia sich einzuschlafen. Und getröstet durch die Gegenwart des Mädchens, das so freundlich zu ihr gewesen war, legte sich das Palomino-Pony zum ersten Mal seit Monaten hin und schlief.

Kapitel dreizehn

Bei Morgendämmerung schliefen sowohl das Mädchen als auch das Pony immer noch tief und fest. So fand Melanie sie, als die ersten Sonnenstrahlen auf Lilys Fell fielen und es in ein dunkles Pink verwandelten. Georgias goldblondes Haar, das in langen Wellen um ihren Kopf herum lag, war voller Stroh.

»Georgia … Georgia … Zeit aufzuwachen«, flüsterte Melanie.

Lily erschrak beim Klang ihrer Stimme und erhob sich sofort. Georgia rieb sich die Augen und blickte sich schlaftrunken um.

»Der Tierarzt kommt vorbei, noch bevor er seine Praxis öffnet«, berichtete Melanie. »Wenn ich dir ein Schinkensandwich mache, kannst du dann die Ponys füttern?«

»Klar.« Georgia nickte, und bei dem Gedanken an ein Schinkensandwich lief ihr das Wasser im Mund zusammen. Auch wenn ihre Mutter ihr am vergangenen Abend noch etwas zu essen gebracht hatte, hatte sie bereits wieder großen Appetit.

Sie verließ Lilys Stall und machte sich an die Arbeit. Wilson bekam seine übliche Mischung Kraftfutter und Callie eine kleine Handvoll Pferdemüsli, bevor sie einen Brei aus Haferkleie für Lily machte. Dann brachte sie Wilson und Callie hinaus auf die Koppel und sah lächelnd zu, wie sie sich zusammen auf der Erde rollten.

Lily machte sich hungrig über ihre Kleie her, behielt jedoch Georgia dabei immer im Auge. Umgekehrt sah Georgia ihr ein paar Minuten zu, bevor sie sich ans Ausmisten der Ställe machte. Schließlich lockerte sie noch das frische Stroh auf und wusch die Futterschüsseln aus. Sie war gerade fertig, als Melanie mit dem Schinkensandwich und einer dampfenden Tasse Tee aus dem Haus kam. Georgia nahm beides dankbar entgegen, da fuhr auch schon der Tierarzt in den Hof.

»Wie geht es unserer Patientin denn?«, fragte er, noch während er aus dem Auto stieg.

»Ganz gut, denke ich«, antwortete Melanie. »Georgia war die ganze Nacht bei ihr.«

»Na, wenn das keine Hingabe ist«, lachte der Tierarzt. »Dann sehen wir sie uns mal an.« Er schob den Riegel an der Tür zurück und trat ein. »Gestern Abend war ihr Zustand sehr instabil«, sagte er, während er ihren Puls überprüfte. »Hat sie ihre Kleie gefressen?«

»Hat sie.« Georgia grinste. »Und zwar alles.«

Der Arzt nickte beifällig, während er Lilys Atmung und Temperatur überprüfte, bevor er schließlich mit dem Stethoskop ihren Bauch abhörte.

»Tja, ihr Zustand hat sich sehr verbessert«, erklärte er. »Ihr könnt sie rauslassen, wenn ihr wollt.«

»Dann bring sie doch in die kleine Koppel neben Wilson und Callie, ja, Georgia?«, bat Melanie.

Vorsichtig ließ Georgia das Pony heraus und achtete darauf, es nicht zu erschrecken. Sobald sie auf der Koppel waren, löste sie das Führseil und sah zu, wie Lily zögernd den ersten Schritt machte. Aber schon im nächsten Moment fing sie an, neugierig das Gelände zu erkunden.

»Ich denke, man könnte durchaus sagen, dass sie anfängt, sich hier heimisch zu fühlen«, meinte der Tierarzt mit einem Lächeln, bevor er in sein Auto stieg.

Als er weg war, drehte Melanie sich zu Georgia um. »Tja, ich habe gute und schlechte Neuigkeiten«, verkündete sie und sah sie vielsagend an.

»Okay«, sagte Georgia langsam. Sie holte tief Luft. »Dann fangen wir mit den guten Nachrichten an.«

»Also«, Melanie machte eine kurze Pause. »Ich habe bei dem Auktionator in Builth angerufen.« Sie machte es spannend und sprach nicht sofort weiter. »Schließlich habe ich es geschafft, Lilys Eigentümer ausfindig zu machen, einen Mr Williams. Er war sehr wütend auf seine Enkelin. Ihre Version der Geschichte war, dass Lily auf sie losgegangen wäre und ihr dadurch fast das Bein gebrochen hätte, bevor sie wegrannte. Aber da er Lily kannte, hatte er seine Zweifel. Also war er nicht wirklich überrascht, als ich ihm von deinen Erlebnissen berichtete.«

»Als ob Lily so etwas machen würde!« Georgia schnaubte empört.

»Ich weiß … eine nicht sehr glaubhafte Geschichte, was?«, pflichtete Melanie ihr bei. »Jedenfalls ist die gute Nachricht, dass Mr Williams sich an dich erinnert hat. Und er möchte, dass wir Lily bekommen! Wir haben uns auf einen Preis geeinigt, und ich werde ihm einen Scheck schicken.«

Georgia schnappte nach Luft. »Wow … das ist ja toll!« Dann sah sie Melanie kleinlaut an. »Ich hoffe, du musstest nicht allzu viel bezahlen.«

»Sie war nicht gerade billig, aber sie hat mich nicht ruiniert!« Melanie lächelte und legte einen Arm um Georgias Schulter. »Und ich denke, sie ist es auch wert!«

»Vielen, vielen Dank, Melanie!« Georgia war völlig überwältigt. Dann erinnerte sie sich, dass es noch eine Neuigkeit gab. »Und was ist dann die schlechte Nachricht?«, fragte sie atemlos.

»Nun«, Melanie zögerte, »dabei geht es um das Mädchen, Mr Williams' Enkelin Jemma. Er scheint zu befürchten, dass sie Schwierigkeiten machen könnte, wenn sie erfährt, dass du Lily bekommen hast. Er meinte, wir sollten uns bei Turnieren lieber vorsehen. Anscheinend kann sie ziemlich schwierig sein.«

»Aber sie kann doch nichts mehr machen, oder?«, fragte Georgia, in der auf einmal Besorgnis aufstieg.

»Nein, gar nichts«, versicherte Melanie. »Und schon gar nicht, sobald der Scheck eingelöst wurde. Er wollte uns nur warnen.« Da sie Georgias besorgten Gesichtsausdruck bemerkte, lächelte sie. »Keine Sorge, Lily geht nirgendwohin. Und jetzt komm, lass uns zum neuesten Mitglied unserer Familie gehen und es näher kennenlernen!«

Später an diesem Tag schob Emma, die neonblaue Leggings und ein weites lila T-Shirt trug, ihr Fahrrad in den Hof. »Na, was sagst du?«, fragte sie ihre beste Freundin und drehte sich vor ihr auf der Stelle.

»Wozu?«, fragte Georgia verblüfft und sah von dem Halfter auf, das sie säuberte. Sie hatte Emma morgens eine SMS geschickt und sie gebeten, so bald wie möglich nach Redgrove zu kommen.

»Zu mir«, sagte Emma. »Ich habe neue Klamotten.«

»Ach, Em!« Georgia lachte und hängte das saubere Halfter an seinen Haken. »Du siehst doch immer toll aus!« Sie strahlte ihre Freundin an. »Und jetzt komm mal mit. Ich möchte dir unseren Neuzugang vorstellen.«

»Neuzugang?«, wiederholte Emma. »Die Haydens haben ein neues Pony?«

»Genau!«, sagte Georgia. »Und sie ist das Allerbeste. Ach, Em, ich hab dir so viel zu erzählen.«

In der ganzen Aufregung um Lilys Ankunft hatte Georgia gar keine Gelegenheit gehabt, ihrer besten Freundin alles zu berichten, was geschehen war. Deshalb hatte sie ihr, sobald es ging, eine SMS geschickt.

»Na, das muss ja ein toller Ferienkurs gewesen sein, wenn du so glücklich zurückkommst«, meinte Emma.

»Es war wirklich überhaupt nicht langweilig.« Georgia hakte sich bei ihrer Freundin unter. »Na ja, das stimmt so vielleicht nicht ganz, aber es ist jedenfalls auch etwas total Verrücktes passiert.«

»Ich will sofort alles wissen«, forderte Emma neugierig.

Und Georgia erzählte.

Emmas Augen waren groß wie Suppenteller, als ihre Freundin schließlich zu Ende berichtet hatte. »Ich kann gar nicht glauben, dass du mir das alles nicht schon früher erzählt hast!«, rief sie aus.

»Ich weiß, und es tut mir auch leid«, antwortete Georgia. »Aber alles ging so schnell. Und Daniel war echt total nett und hat mir geholfen. Er hat Lily sogar praktisch das Leben gerettet. Er ist ein richtiger Held.«

»Und er ist zufällig auch der süßeste Junge an unserer Schule«, merkte Emma mit vielsagend erhobenen Augenbrauen an.

»Ach ja?«, erwiderte Georgia unbekümmert. »Na ja, jedenfalls ist er nett. An etwas anderes denke ich bei ihm gar nicht.« Sie überlegte kurz. Stimmte das denn wirklich? Wenn sie an Daniel dachte, fiel ihr vieles ein – dass er nicht nur nett, sondern auch tapfer und heldenhaft war. Aber Jungs standen im Moment wirklich nicht ganz oben auf ihrer Prioritätenliste, nicht, wenn sie ihre Zeit mit Ponys verbringen konnte. »Und nun komm mit«, sagte sie und führte ihre Freundin zur Koppel. »Du musst unbedingt Lily kennenlernen.«

Als sie am Gatter vor der kleinen Koppel standen, stieß Emma einen anerkennenden Pfiff aus. »Wow!«, sagte sie und streckte die Hand in Richtung des Ponys aus, das in der Nähe graste. Lily drehte sofort ab und trottete zum Zaun am anderen Ende der Koppel. Georgia erinnerte Emma daran, warum Lily so scheu war.

»Wie kann man nur so gemein sein?«, rief ihre Freundin daraufhin mit Tränen in den Augen. »Aber jetzt ist Lily doch vor ihr sicher, oder? Jemma wird sie nicht mehr zurückbekommen!«

»Das hoffe ich jedenfalls«, sagte Georgia grimmig,

und sie kehrten wieder um. Georgia blieb noch einmal stehen, um über ihre Schulter auf das wunderschöne Pony zu blicken, das im Schatten des alten Rosskastanienbaumes stand. Kaum zu glauben, was dieses Tier schon durchgemacht hatte.

»Ich werde nicht zulassen, dass du noch einmal Angst haben musst oder schlecht behandelt wirst, Lily«, flüsterte Georgia. »Das verspreche ich dir. Bei mir bist du in Sicherheit.«

Georgia und Emma gingen schweigend zurück in den Hof, und als Daniel wie versprochen eine halbe Stunde später auftauchte, fing Emma an zu kichern.

Georgia wurde rot und bemerkte zum ersten Mal, dass Emma recht hatte – Daniel sah wirklich ziemlich gut aus! Plötzlich überkam sie eine gewisse Schüchternheit, und sie nahm ihn rasch mit zu Lilys Koppel. Er stieß einen leisen Pfiff aus, als sie dort waren. Das Pony hob den Kopf und wieherte, als wolle sie ihm antworten.

»Da siehst du! Sie erinnert sich an dich!«, rief Georgia glücklich aus und vergaß auf der Stelle ihre Nervosität. »Sie weiß, dass du sie gerettet hast!«

»Mit dir zusammen.« Daniel lächelte. »Sie ist wirklich ein schönes Pony«, stellte er fest. »Ich kann es kaum erwarten zu sehen, wie du sie reitest.«

Emma räusperte sich, und Georgia errötete noch mehr.

»Stimmt, das wäre wirklich toll«, sagte sie. »Aber wir müssen uns damit Zeit lassen, nach allem, was sie durchgemacht hat.«

Daniel nickte. »Tja, wenn du mich brauchst, weißt du ja, wo ich bin«, sagte er, bevor er dann Emma fragte, ob er ihr auf den Rücken klopfen sollte. »Du hast wohl einen bösen Husten«, meinte er mit einem Augenzwinkern. Diesmal war es Emma, die rot wurde.

Kapitel vierzehn

Die Sommertage vergingen wie im Fluge. Nach und nach erholte Lily sich und gewöhnte sich an das Leben auf Redgrove. Georgia machte sich nicht mehr so viele Sorgen. Sie schaffte es inzwischen, Lily ohne Probleme einzufangen – allerdings nahm sie einen großen Futtereimer zu Hilfe. Georgia liebte es, Lily zu bürsten, dabei sprach sie immer leise mit ihr.

Eines Samstagmorgens, als sie wieder die cremefarbene Mähne und den Schweif kämmte, musterte sie das Pony nachdenklich. »Ich wüsste zu gern, wann jemand zum ersten Mal auf dir reiten darf, Lily«, sagte sie. »Wer wird es wohl sein? Es wäre so toll, wenn ich es sein dürfte. Aber vielleicht ist Sophie ja auch besser geeignet. Sie hat viel mehr Erfahrung als ich, verstehst du.«

Lily antwortete mit einem Schnauben und schlug mit dem Schweif. Georgia lachte.

»Du möchtest wohl lieber, dass ich es bin, ja?« Sie lächelte, bevor sie weiterging. »Tja, ich muss jetzt Wilson fertigmachen, aber ich komme bald wieder. Versprochen.«

Georgia drehte sich noch einmal zu dem Palomino um, das ihr unverwandt nachsah. Sie lächelte. Inzwischen ritt sie Wilson fast jeden Tag, da Sophie die meiste Zeit mit ihren Freundinnen zu verbringen schien. Entweder gingen sie shoppen oder lagen in der Sonne, aber Georgia beschwerte sich gewiss nicht darüber.

Trotzdem hatte sie heute viel zu tun. Wilson hatte morgen ein großes Turnier und musste gewaschen werden. Sobald sie ihn gebürstet hatte, musste sie noch sein Halfter säubern und Melanie helfen, den Transporter vorzubereiten, da sie zeitig aufbrechen wollten. Das Turnier war eines der größten um diese Jahreszeit, und Georgia wusste, dass Wilson in seiner Klasse viele Konkurrenten aus dem ganzen Land hatte.

»Ruhig, mein Junge, ganz ruhig«, sprach Georgia in beruhigendem Singsang, während sie den rotbraunen Wallach einseifte. Wilson liebte es, gewaschen zu werden, und stand ganz still, während Georgia ihn abspritzte. Er genoss sichtlich das kühle Wasser, nachdem Georgia seine elfenbeinfarbene Mähne shampooniert hatte. In der heißen Sonne trockneten Wilsons Fell und Mähne in kürzester Zeit, und Georgia sprühte noch Conditioner auf seinen Schweif und kämmte ihn anschließend aus. Schließlich trug sie mit einem weichen

Tuch ein Glanzmittel auf, das sein Fell besonders schimmern ließ.

»Jetzt siehst du wirklich wie ein Star aus«, sagte sie und gab ihm einen Kuss auf die Nase.

Zum Schluss polierte Georgia Wilsons Geschirr und bereitete seine ganze Ausrüstung vor – Bürsten, Wasserbehälter und Bandagen. Außerdem dachte sie noch daran, ein paar kleine Belohnungen einzupacken.

Lily schob den Kopf über ihre Stalltür und verfolgte all die Vorbereitungen recht interessiert. »Keine Sorge, mein Mädchen«, rief Georgia, als sie mit einem Armvoll Schutzmanschetten an ihr vorbeilief. »Eines Tages wirst du es sein, die in der Arena zeigt, was sie kann!«

Am nächsten Morgen herrschte die übliche Hektik, um rechtzeitig fertig zu werden, doch dank all der Vorbereitung, die Georgia bereits am Vortag geleistet hatte, konnten sie pünktlich losfahren.

Sophie schlief auf dem Beifahrersitz. Georgia saß neben ihr und aß eines der Sandwiches, die ihre Mutter am Vorabend für sie vorbereitet hatte.

»Ach, bevor ich es vergesse, ich habe etwas für dich, Georgia.« Melanie beugte sich vor und holte einen kleinen Button aus dem Handschuhfach.

»Turnierhelfer!« Georgia las das Wort laut und steckte sich den Button stolz an. »Danke, Melanie!«

»Du hast ihn dir verdient«, sagte Melanie.

Die Zeit verging wie im Fluge, und bald war der grüne Pferdetransporter angekommen.

Georgia stieß einen glücklichen Seufzer aus, während sie sich umsah. Sie liebte alles an solchen Großereignissen – von den Reihen an Pferdeanhängern, die im Schatten der Bäume parkten, bis zu den herausgeputzten Pferden, die für ihren großen Moment bereitgemacht wurden. Nicht zu vergessen die Hamburger- und Eiscremebuden!

Es war ihr an diesem Morgen nicht leichtgefallen, Lily zu verlassen, aber Simon hatte versprochen, mindestens sechsmal am Tag nach ihr zu sehen. Georgia wusste also, dass sie in guten Händen war.

Melanie fuhr auf den ihnen zugewiesenen Platz, und als Georgia aus dem Wagen stieg, stand sie geradewegs einem dunkelhaarigen Mädchen gegenüber, das vor dem benachbarten Pferdetransporter saß. Tory! Na gut, dann war der Tag eben nicht ganz perfekt. Georgia hatte Tory seit dem Training bei Janey Meadons nicht mehr gesehen und war darüber gewiss nicht traurig gewesen.

»Ach hallo«, Georgia schluckte und bemühte sich, freundlich zu sein, während Tory in einer Modezeitschrift blätterte, ohne aufzublicken. »Hallo«, nahm Tory nach einer langen Pause mit einer beiläufigen Handbewegung von ihr Kenntnis.

»Oh, hallo, Tory«, rief Sophie und sprang hinter Georgia aus dem Wagen.

Tory stand auf, und die beiden älteren Mädchen verschwanden zusammen, um sich zu registrieren und ihre Nummern zu holen. *Gott sei Dank*, dachte Georgia. *Im Moment hab ich noch Ruhe und Frieden.*

Sophie war erst am späteren Vormittag dran, also hatte Georgia genug Zeit, Wilson noch einmal gut durchzubürsten.

Sie band ihn zusammen mit seinem Heunetz seitlich am Transporter und im Schatten fest. Die Sonne brannte bereits auf das Gelände, und sie wollte nicht, dass er sich zu stark erhitzte.

Nachdem Georgia den Wallach gebürstet hatte, kümmerte Melanie sich um den Rest. Sie sprühte Wilsons Schweif ein und kämmte ihn noch einmal durch. »Kannst du sicherheitshalber noch einmal nachfragen, auf welchem Platz wir genau sind?«, rief sie Georgia zu, die gerade dem Halfter eine letzte Politur gab.

»Klar«, antwortete Georgia und schnappte sich eine Trinktüte mit Saft. Sie war froh, dass sie sich passend für dieses Wetter angezogen hatte, mit ihren blasspinkfarbenen Bermudashorts, einem Trägertop und ihren alten Turnschuhen.

Sie machte sich auf die Suche nach einem Verantwortlichen und betrachtete dabei begeistert die wunderschönen Pferde, die gerade beim Warm-up waren. Georgia bahnte sich ihren Weg zu einem Turniersteward, der durch die klassische Kopfbedeckung, die Melone, leicht zu erkennen war. Doch auf einmal, beim Klang einer ihr bekannten und ganz und gar nicht willkommenen Stimme, meinte sie, das Blut in ihren Adern müsse gefrieren. Sie blickte in die Richtung, aus der die Stimme kam, und sah zu ihrem Entsetzen Jemma auf einem kastanienbraunen Waliser-Hengst sitzen.

Sie keifte gerade einen Jungen mit rotem Haar und Sommersprossen an, der nervös ein Hindernis im Warm-up-Ring verstellte.

»Du bescheuerter Idiot«, kreischte Jemma, und ihre schneidende Stimme war laut und deutlich zu hören. »Ich hab dir doch gesagt, du sollst seinen anderen Sattelgurt nehmen!« Sie grub die Fersen energisch in die Seiten ihres Reitpferdes. Mit einem Schnauben fiel es daraufhin unwillig in einen leichten Galopp.

Jemma saß aufrecht im Sattel, die Zügel fest, beinahe verkrampft in den Händen. Georgia bemerkte sofort, wie sehr Jemmas Reitstil sich von Sophies unterschied. Ihre ganze Körpersprache war hart und unsympathisch, und das Pferd, auf dem sie saß, sah sehr unglücklich aus, die Ohren eng am Kopf angelegt. Weißer Schaum tropfte auf seine Brust, und seine Augen waren vor Anstrengung weit aufgerissen.

Georgia sah zu, wie Jemma in der Arena im Kreis ritt, bis ihr plötzlich klarwurde, dass Pferd und Reiter sehr bald an ihr vorbeikommen würden. Sie wollte sich wegdrehen, doch es war zu spät. Im Vorbeireiten drehte Jemma sich nach ihr um.

»Dich kenne ich doch, oder?«, zischte sie und brachte ihr Pferd durch hartes Anziehen der Zügel zum Stehen. »Woher kenne ich dich nur?«

»Ich … ich …«, stotterte Georgia.

Und dann fiel es Jemma ein. »Du bist das! Du bist das Mädchen, das sich Lily geholt hat! Du hast mir mein Pony *weggenommen*!«

Kapitel fünfzehn

Georgia wusste nicht, was sie sagen sollte. Sie starrte Jemma eine ganze Weile nur an, bevor sie es schließlich schaffte, eine Antwort hervorzustoßen: »Lily war verletzt … sie wäre fast gestorben. Wir mussten einen Tierarzt kommen lassen, aber wir haben sie gerettet und jetzt auch gekauft.«

»Gekauft?« Jemma lachte, doch es klang grausam und spöttisch. »Also bitte«, erwiderte sie. »Du meinst doch nicht diesen lächerlichen Betrag, den ihr meinem Großvater gegeben habt? Das war keine Bezahlung … das war praktisch ein Geschenk. Soweit es mich betrifft, gehört Lily immer noch mir, und ich will sie zurück. Und ich bekomme immer das, was ich will …«

»Du kannst mir Lily nicht mehr wegnehmen. Niemals«, entgegnete Georgia entschieden.

Doch Jemma schien ihr gar nicht zuzuhören. Sie deutete auf den Button an Georgias Brust und musterte sie von oben bis unten. »Was soll das denn?«, höhnte sie. »Turnierhelfer?«

Georgia öffnete den Mund für eine Antwort, doch da rief ein Steward die Teilnehmer in der Klasse der Waliser auf.

Jemma wendete und bohrte ihrem Pferd wieder grob die Absätze in die Seiten, dann ritt sie in einer Staubwolke davon. Doch vorher ließ sie noch einen ihrer Giftpfeile los. »Ich werde mir mein Pony zurückholen, du wirst schon sehen!«

Georgias Herz pochte bis in ihre Ohren. Sie rannte zurück zum Transporter, wo sie als Erstes Melanie über den Weg lief, die Wilsons Reisebandagen aufrollte.

»Was ist denn los? Was ist passiert, Georgia?«, fragte Melanie besorgt. »Haben wir unseren Einsatz verpasst?«

»Nein, nein, das ist es nicht.« Georgia schüttelte den Kopf.

Blass und fast zitternd erzählte Georgia ihr, was gerade geschehen war. Als sie fertig war, verzog Melanie entschlossen den Mund. »Ach weißt du, achte einfach nicht auf sie. Es gibt nichts, was dieses Mädchen tun könnte«, erklärte sie entschieden. »Das Pony gehört inzwischen mir; sie hat überhaupt keine Handhabe mehr. Wirklich, Georgia, ich habe schon ihre Papiere von der Walisischen Pony Gesellschaft bekommen. Lily gehört rechtmäßig uns. Versuch einfach, dieses Mädchen zu vergessen. Sie kann Lily nicht mehr zurückholen, das kann sie definitiv nicht.«

In diesem Augenblick kam Sophie zurück, die in ihrer kanariengelben Reithose und der taillierten Jacke hinreißend aussah. Ihr langes Haar steckte in einem Haarnetz.

»Was ist denn los?«, wollte sie wissen.

»Gar nichts.« Georgia drehte sich um und verbarg rasch ihre Tränen. Sie kümmerte sich um Wilson, sattelte ihn und bürstete ihn noch einmal, bis er glänzte. Trotz Melanies beruhigender Worte konnte sie Jemmas Drohung einfach nicht vergessen.

Ungeachtet all ihrer Sorgen bemerkte Georgia Tory, die eben den Parkplatz überquerte, um sich mit einem älter aussehenden Jungen zu unterhalten. Georgia runzelte die Stirn. Er kam ihr irgendwie bekannt vor. Neugierig drehte sie sich zu Sophie, die gerade dabei war, ihr Halstuch im Rückspiegel des Transporters zurechtzuzupfen.

»Wer ist denn der Junge dort drüben?«, fragte sie.

Sophie folgte ihrem Blick und zuckte mit den Schultern, den Blick gleich wieder auf Wilson gerichtet, als sie sich in den Sattel schwang. »Frag mich nicht. Tory kennt bei diesen Shows praktisch jeden und ist ständig unterwegs, um jemanden zu begrüßen.«

Georgia bemerkte, dass Tory einen gehässigen Blick in ihre Richtung warf, auch wenn sie sich gerade noch mit dem Jungen unterhielt. Redete sie etwa über Georgia? Oder hatte sie sich womöglich mit Sophie gestritten?

Doch jetzt war keine Zeit mehr, darüber nachzudenken. Sophie hatte angefangen, Wilson unter Melanies aufmerksamen Blicken aufzuwärmen, und Georgia wollte dabei zusehen. Kurz danach wurde Wilsons Klasse aufgerufen, und Sophie ritt davon. Georgia und Melanie gingen zur Zuschauertribüne.

Als Georgia sich hinsetzte, musste sie zu ihrem Entsetzen feststellen, dass Jemma an diesem Wettbewerb ebenfalls teilnahm, diesmal auf einem wunderschönen dunkelgrauen Wallach.

Georgia versuchte, sie nicht anzusehen, sondern sich auf Sophie zu konzentrieren. Wilson zeigte eine tadellose Leistung, sein Schritt war vorbildlich, seine eng geflochtene Mähne ließ den Blick frei auf die perfekte Kurve seines Halses und sein schimmerndes kastanienbraunes Fell.

Doch Jemma versuchte ständig, ihn zu überholen. Es sah aus, als sei sie entschlossen, ihm den Auftritt zu ruinieren, denn sie drängte sich dicht an ihm vorbei.

Wilson wich daraufhin mit angelegten Ohren zur Seite.

Georgia hatte ein ungutes Gefühl. Jemma war raffiniert und verbarg ihre Attacken mit einem strahlenden Lächeln, sobald der Preisrichter zu ihr blickte, so dass er nicht merkte, was vor sich ging. Schließlich belegte Jemma den ersten und Sophie den zweiten Rang.

»Ich werde eine offizielle Beschwerde einreichen«, empörte sich Melanie, als Sophie und Wilson die Arena verließen.

»Was war denn da nur los? Wer war dieses Mädchen?«, rief Sophie deutlich schockiert aus.

Georgia fühlte sich miserabel. Es war alles ihre Schuld. Sie öffnete den Mund, um etwas zu sagen, schloss ihn dann jedoch hilflos wieder.

Während des restlichen Tages gab Georgia sich Mühe, Jemma und ihre Drohungen zu vergessen. Schließlich hatte Melanie ihr versichert, dass sie jetzt Lilys rechtmäßige Besitzerin war. Dennoch bekam Georgia jedes Mal eine Gänsehaut, wenn sie an Jemma dachte. Sie rieb Wilson trocken und band ihn mit einem Heunetz an, bevor sie sich noch einmal im Gelände umsah. Melanie blieb bei den Pferden. Sie hatte eine Freundin getroffen, und die beiden saßen in Klappstühlen vor dem Pferdetransporter und unterhielten sich.

Georgia hielt jedoch die Augen offen, damit sie nicht Jemma urplötzlich in die Arme lief.

»Wir fahren in etwa einer halben Stunde, Georgia«, rief Melanie ihr nach. »Aber sieh dich ruhig um und hab noch ein wenig Spaß.«

Georgia fand es toll, sich nach Wilsons Teilnahme noch auf dem Gelände umsehen zu können. Jede Veranstaltung war anders, und die heutige war keine Ausnahme. Sie bewunderte die Schafe mit ihren beeindruckenden Hörnern, die Dexter-Kühe in ihren Pferchen und sah sich noch die Langhaarkaninchen im Haustierzelt an. Georgia hätte auch gern selbst ein Kaninchen gehabt, doch ihre Mutter meinte, das sei mit einem Hund im Haus zu riskant. Sie kaufte sich an einem Stand ein Eis und eine Cola und lief entlang der Pferdeboxen zurück, als eine Stimme auf der anderen Seite eines dunkelbraunen Pferdetransporters sie unvermittelt stehen bleiben ließ.

»Ich würde dieses Mädchen überall wiedererkennen ...«

Es war Jemma.

Schnell wich Georgia in die Deckung des Anhängers zurück und hielt die Luft an. Jemma saß neben dem Durchgang zu den Gehegen, neben sich zwei ältere Jungen. Sie konnte deren Gesichter nicht sehen, doch sie vermutete, dass es die Jungen waren, die damals mit ihr Lily hatten abholen wollen. Beim Klang ihrer Stimmen bekam Georgia eine Gänsehaut und erschauderte bei der Erinnerung, wie die drei versucht hatten, Lily auf so brutale Weise einzufangen.

»Niemand macht das mit mir! Ich will dieses Pony wiederhaben.« Jemma klang aufgebracht.

Georgia wich weiter in den Schatten hinter dem Anhänger zurück und bemühte sich, den Rest der Unterhaltung zu verstehen.

»Diese kleine Möchtegern denkt, sie könnte mir etwas wegnehmen«, fuhr Jemma fort, und ihre Stimme wurde immer wütender. »Aber damit lasse ich sie nicht davonkommen! Ich habe dieses verdammte Pony geschenkt bekommen, und ich kann mit ihm machen, was ich will!«

»Aber dein Opa hat es doch verkauft, oder?«, warf einer der Jungen ein.

»Jetzt mach mal halblang!«, fuhr Jemma ihn an. »Mein Opa hat mit den Ponys nichts mehr zu tun. Er ist völlig neben der Spur. Mum und ich haben das Geschäft jetzt übernommen.«

Einer der Jungen klang besorgt. »Aber sie werden doch rausfinden, dass du das Pony hast. Dann bist du wegen Diebstahl dran.«

Jemmas Stimme war jetzt leiser, doch nicht weniger wütend. »Dann sage ich einfach, dass er nicht mehr richtig im Kopf ist, also zählt es gar nicht ... ich sage, dass er das Pony gar nicht verkauft hat. Es gibt bestimmt keinen Vertrag oder so was. Also, was ist jetzt, seid ihr dabei oder nicht?«

Die Jungen murmelten etwas, was Georgia gerade noch als Ja identifizieren konnte, bevor sie zurück zum Transporter der Haydens rannte. Ihr Herz klopfte wie wild, und ihr Mund war trocken vor Angst.

Als Georgia Melanie alles von der Unterhaltung erzählte, wirkte Melanie ein wenig genervt.

»Hör mal, Georgia, dieses Mädchen ist sicher ein ziemlicher Satansbraten«, sagte sie, »aber sie wird wohl kaum in unseren Stall kommen und Lily stehlen. So dumm ist sie nun auch wieder nicht.«

Georgia ließ den Kopf hängen. Sie wusste, dass Melanie ihre Sorge für übertrieben hielt, aber sie hatte auch nicht die wütende Entschlossenheit in der Stimme dieses Mädchens gehört.

Melanie wurde nachsichtig. »Hör mal, mach dir keine Sorgen. In Zukunft werden wir bei allen Turnieren immer nach ihr Ausschau halten, nur für den Fall, dass sie Ärger machen will, in Ordnung?«

Georgia nickte.

»Ich kann doch nicht zulassen, dass dieses unmögliche Mädchen meine allerbeste Helferin aufregt, oder?« Melanie fuhr liebevoll durch Georgias Haar. »Und jetzt komm. Lass uns losfahren.«

Georgia lächelte Melanie an, doch sie konnte das nervöse Gefühl in ihrem Bauch nicht ignorieren. Was, wenn Jemma ihre Drohung doch ausführte? Was, wenn sie Lily entführte? Das wäre einfach unerträglich.

Plötzlich hob Georgia entschlossen das Kinn. Sie wusste, was sie gehört hatte. Wenn Melanie das nicht ernst nahm, dann lag es an Georgia, sich um Lilys Sicherheit zu kümmern. Sie hatte dem kleinen Palomino etwas versprochen, und das würde sie halten, egal, was geschah.

Kapitel sechzehn

»Da bist du ja, mein Engel«, rief Georgia, sobald sie aus dem Transporter gestiegen war und über den Hof von Redgrove lief. Die Fahrt zurück schien endlos gedauert zu haben, und sie war so froh, als sie sah, dass Lily gesund und munter mit Callie am Gatter stand.

Lily wieherte, als Melanie Wilson aus dem Anhänger ließ. Unverkennbar freute sie sich, ihren rotbraunen Freund wiederzusehen. Georgia legte beide Arme um den Hals der Stute, atmete ihren Geruch ein und fühlte die Wärme der Abendsonne auf ihrem goldenen Fell.

»Ich bin vielleicht froh, dich zu sehen!«, murmelte sie. Das kleine Pony stand ganz still, als Georgia es berührte. Es war erstaunlich, wenn man bedachte, dass sie vor ein paar Wochen noch niemanden an sich herangelassen hatte.

Melanie kam herüber und tätschelte Lily sanft. »Weißt du, Georgia, ich habe überlegt, dass es vielleicht Zeit ist, dass du versuchst, sie zu reiten.«

»Ich? Wirklich?«, rief Georgia begeistert aus. »Du denkst, sie ist dafür bereit? Du denkst, sie lässt mich?«

»Ich wüsste nicht, was dagegen spräche«, antwortete Melanie. »Sie vertraut dir. Das sieht man. Und das ist ein guter Ausgangspunkt.«

Georgia vermutete, dass Melanie das wahrscheinlich gerade jetzt erwähnte, um Georgia abzulenken, wegen all dem, was bei der Show passiert war. Und natürlich hatte Georgia ganz und gar nichts dagegen.

»Was meinst du? Sollen wir es morgen einmal probieren?«, fragte Melanie. »Danach bin ich mit Sophie ein paar Tage verreist, wir sehen uns Universitäten an. Also sollten wir es vorher angehen. Was sagst du?«

»Das hört sich toll an!« Georgia strahlte.

Am nächsten Morgen sprang Georgia voller Vorfreude aus dem Bett. Melanies Versprechen klang ihr immer noch in den Ohren. Heute war der Tag, an dem sie Lily reiten durfte! *Wie es wohl ist, sie zu reiten?*, ging es ihr durch den Kopf. *Wird es schwierig sein? Ist ihr Schritt tatsächlich so leicht, wie es vom Boden aus wirkt?* Es dauerte nicht lange, und Georgia war in Reithosen und in ihr lila Lieblingsshirt gekleidet. Rasch fuhr sie sich noch mit einem Kamm durchs Haar. Dann schnappte sie sich einen Toast und eilte zur Tür.

»Tschüs, Mum!«

»Wiedersehen, Georgia«, rief ihre Mutter ihr nach, als die Tür auch schon ins Schloss fiel.

Georgia fuhr im Eiltempo mit dem Rad die ruhigen Straßen entlang, und als sie in die Einfahrt von Redgrove einbog, freute sie sich, alle drei Ponys friedlich zusammen auf der Koppel weiden zu sehen. Sie gaben ein prächtiges Trio ab: der dunkle, elegante Wilson; Lily, das hübsche Palomino-Pony, und Callie, das kleine Exmoor-Pony, dessen graubraunes Fell im frühen Morgenlicht glänzte. Georgia seufzte zufrieden. Sie hatte solches Glück, sich um diese Ponys kümmern zu dürfen, als wären es ihre eigenen.

Zu ihrer Überraschung war Sophie bereits draußen im Hof und säuberte Wilsons Zaumzeug, das über dem Tor hing. Sie blickte hoch, als sie Georgia kommen sah.

»Hallo«, rief sie freundlich. »Du wirst heute Lily reiten, stimmt's?«

»Ich glaube schon«, antwortete Georgia, die sich über Sophies plötzliches Interesse freute.

»Ich finde sie auch wirklich entzückend«, sagte Sophie.

Die beiden Mädchen lächelten einander an, bevor Georgia in die Sattelkammer ging, um Lilys Halfter zu holen.

Als Georgia die Koppel betrat, wieherte das kleine Pony und kam langsam auf sie zu, begleitet von Callie, die sich anscheinend immer mehr zu ihrer Beschützerin aufspielte. Vorsichtig legte Georgia dem Palomino das Halfter um und führte es dann hinaus in den Hof.

»Sie sieht richtig gut aus«, rief Melanie, die eben mit einer Tasse Tee aus dem Haus kam. »Also, bist du für einen Versuch bereit?«

»Ja, ich denke schon«, erwiderte Georgia glücklich und ängstlich zugleich. Sie hoffte so sehr, dass Lily sich reiten lassen würde.

»Großartig«, sagte Melanie. »Also, ich habe Zaumzeug für sie zusammengestellt, und der alte Turniersattel sollte ihr auch passen – zumindest für den Anfang. Lass uns damit anfangen, sie im Schritt gehen zu lassen, und dann schauen wir mal, wie es läuft.«

Sehr vorsichtig, um sie nicht zu erschrecken, zäumte Georgia Lily auf und bewunderte den Kontrast zwischen dem braunen Leder auf dem blassen Fell. Sie setzte ihre blaue Reitkappe auf, schloss den Kinnriemen und löste dann sehr vorsichtig Lilys Führseil und führte sie am Halfter hinüber zur Aufstieghilfe.

Melanie hielt Lily, während Georgia sich behutsam in den Sattel setzte. Im ersten Augenblick saß sie nur ganz ruhig da, wagte kaum zu atmen und spürte, wie das Pony unter ihr nervös zitterte. »Alles ist gut, meine Schöne«, murmelte sie und fuhr mit der Hand liebevoll durch die cremefarbene Mähne.

Melanie beobachtete beide aufmerksam, um sofort zu reagieren, falls Lily Panik bekam. Doch das passierte nicht.

Langsam, mit federleichtem Druck, bewegte Georgia das Palomino dazu, vorwärts zu gehen, und Lily gehorchte. Im Schritttempo ging es durchs Tor und den Pfad neben den Ställen entlang, wo die dichten Holunderbüsche für schattige Kühle sorgten.

»Ganz ruhig, mein Mädchen«, beruhigte Georgia das Palomino. Sie atmete die Sommerdüfte ein, genoss den gleichmäßigen Rhythmus des Ponys und begann, sich zu entspannen.

Melanie ging neben ihnen zur offenen Weide und wandte nie den Blick von Pferd und Reiterin ab, als sie am Haus vorbei und auf die offene Weide ritt. Lily bewegte sich jetzt schneller, ihr Schritt war leicht.

»Du bist ein richtiger Star!«, lobte Melanie das Pony, dessen Ohren inzwischen aufgestellt waren. »Warum versuchst du nicht allein eine Runde?«, ermutigte sie die Reiterin.

Georgia meinte vor Glück fast zu zerspringen und stupste Lily leicht an. Nachdem sie die Weide ein paarmal umrundet hatten, lenkte sie Lily zurück in den Hof.

Dort stieg sie ab und warf die Arme um die kleine Stute, bedeckte sie mit Küssen. »Ich hab dich so gern!«, sagte sie, vergrub ihr Gesicht in der Mähne und hätte vor Glück fast geweint. Jemmas erschreckende Drohung war jetzt vergessen, und Georgia hatte das Gefühl, als könnten Lily und sie zusammen alles schaffen. Nichts konnte ihr Glück mehr trüben!

Von jetzt an würde sie Lily jeden Tag reiten, bis die natürliche Selbstsicherheit des Palominos wiederhergestellt war. Danach gab es die Aussicht auf Turniere und Ponyclub-Camps, auf lange Ausritte im Sommer und kürzere im Winter. Es würde einfach toll werden!

Später am Nachmittag, als sie Melanie im Garten half, entdeckte sie Sophie und Tory beim Sonnenbaden am Pool. Tory tippte etwas in ihr Handy und achtete gar nicht auf Sophies Versuche, sich mit ihr zu unterhalten.

Es war wirklich komisch. Tory kam zur Zeit dauernd vorbei, blieb jedoch nie sehr lange. Und sie war immer so aufgedonnert, als wolle sie gleich in die Disco gehen. Heute war keine Ausnahme. Sie trug einen kurzen Jeansrock und ein gelbes Oberteil. Ihr Make-up war dick aufgetragen, wodurch sie viel älter als siebzehn wirkte.

Sophie seufzte und drehte sich auf den Bauch, da sprang Tory plötzlich auf, packte ihre Tasche und ging, als hätte sie gerade eine dringende Mitteilung erhalten. Sie machte sich kaum die Mühe, sich zu verabschieden, und marschierte mit dem Handy am Ohr aus dem Garten.

Melanie betrachtete sie mit gerunzelter Stirn. »Diese Tory ist ein eigenartiges Mädchen«, sagte sie leise zu Georgia. »Ich hoffe, dass die Freundschaft zwischen Sophie und ihr im Sande verläuft, wenn Sophie zur Uni geht.«

Georgia sah Tory nach, als sie den Hof verließ. Sie hatte sie nie gemocht, aber was sollte sie sagen? Es war jedoch interessant zu wissen, dass Melanie ähnlich empfand. Georgia konnte nicht anders, als zu denken, dass Torys Verhalten in letzter Zeit irgendwie merkwürdig war. Georgia war stets auf der Hut vor diesem Mädchen, da sie oft genug gemeine Dinge zu ihr sagte. Doch da Melanie und Sophie die nächsten Tage unterwegs waren, würde auch Tory nicht nach Redgrove kommen. Georgia seufzte glücklich. Sie würde an nichts anderes als an ihre geliebten Ponys denken müssen.

Kapitel siebzehn

»Wiedersehen, Georgia! Wir sehen uns dann in drei Tagen!« Melanie schwang sich auf den Fahrersitz des Geländewagens, Sophie auf den Beifahrersitz. Dann ließ Melanie noch einmal ihr Fenster herunter. »Bist du sicher, dass du klarkommst, wenn du ganz allein nach den Pferden siehst? Simon wird nur abends hier sein, vergiss das nicht.«

»Ich komme bestens klar«, versicherte Georgia ihr.

»Also gut.« Melanie nickte ihr noch einmal zu. »Vielen Dank. Schick mir eine SMS, wenn es irgendwelche Probleme gibt, ja?«

»Mach ich.« Georgia lächelte. »Obwohl es keine geben wird«, fügte sie hinzu. »Emma und Daniel kommen auch vorbei und helfen mit.«

Georgia winkte dem Auto noch nach, als es die Einfahrt hinausfuhr. Sie konnte gar nicht fassen, dass Melanie so viel Vertrauen in sie hatte und ihr die Verantwortung für die Ponys überließ. Es war einfach toll!

Pip, der neben ihr entlanggerannt war, als sie an diesem Morgen mit dem Fahrrad nach Redgrove gefahren war, folgte ihr auf dem Fuß, als sie sich wieder zum Hof drehte. »Komm mit, Pip, schauen wir nach den Ponys«, sagte sie glücklich und kraulte den Hund zwischen den Ohren.

Die drei Ponys standen in ihrem schattigen Unterstand. Sie hatten die Augen halb geschlossen, ließen die Köpfe hängen und wedelten faul mit dem Schweif, um die Fliegen zu verscheuchen. In der Ferne war das Summen von Bienen zu hören, und der schwere süße Duft von den nahe gelegenen, leuchtend gelben Rapsfeldern hing schwer in der Luft.

Georgia streichelte jedes Pony und zählte dann die Hühner, um sich zu versichern, dass noch alle da waren und in der staubigen Erde neben dem Stall scharrten. Zufrieden, dass es allen Tieren gutging, zog sich Georgia ins kühle Haus zurück. Sie hatte noch ein paar Stunden Zeit, bis die Ponys gefüttert werden mussten, und da Emma und Daniel am Nachmittag noch anderweitig beschäftigt waren, hatte sie vor, eine Weile zu lesen.

Sie machte es sich auf dem Küchensofa bequem, holte ihr Buch heraus und schirmte die Augen gegen die Nachmittagssonne ab. Pip war im kühlen Schatten vor der Hintertür liegen geblieben und klopfte gelegentlich mit dem Schwanz auf den Boden. Es war warm in der

Küche, und Georgia merkte, wie sie immer schläfriger wurde.

Sie konnte bestenfalls eine Stunde geschlafen haben, als sie plötzlich von einem wütenden Bellen aufgeschreckt wurde. Pip stand mit gesträubten Nackenhaaren und gefletschten Zähnen da, neben ihm die beiden Terrier, die ein tiefes Knurren ausstießen. Georgia erschrak und rannte zur Hintertür. Da sie dort nichts Ungewöhnliches sehen konnte, lief sie schnell ums Haus herum zur Vordertür.

Ein Junge stand dort, es sah aus, als wolle er gerade klingeln. Sie kannte ihn nicht aus dem Dorf, und er sah auch nicht aus, als wolle er irgendetwas liefern. Er war drahtig und von mittlerer Größe, mit dunklem Haar. Aus irgendeinem Grund blickte er sich immer wieder um, als suche er nach etwas. Georgia fühlte sich sofort unwohl, doch sie fragte ihn höflich, was er wolle.

»Ich suche nach Mrs Hayden«, antwortete der Junge. Georgia bemerkte, wie er dabei grinste. Auf jeden Fall benahm er sich merkwürdig.

Sie überlegte blitzschnell. »Mrs Hayden ist im Augenblick nicht zu Hause. Aber sie kommt bald wieder«, fügte sie selbstbewusst hinzu. »Kann ich ihr etwas ausrichten?«

Der Junge starrte Georgia einen Moment lang an, bevor er an ihr vorbei zur Weide hinter dem Haus blickte, wo Wilson, Lily und Callie den Besucher interessiert musterten. »Schöne Pferde«, bemerkte er. »Besonders das Palomino ... ich wette, das ist ein paar Scheine wert.«

Georgia öffnete den Mund, um zu antworten, doch es kamen keine Worte heraus.

Der Junge lachte leise auf, während er sich umdrehte und den Hof verließ.

Was sollte das denn nun?, dachte Georgia. *Sei nicht albern,* sagte sie sich dann entschieden. *Wahrscheinlich hat das gar nichts weiter zu bedeuten.* Dennoch war sie nervös, als sie jetzt zu den Ponys ging. Sie blickte auf die Uhr. Es war halb sechs. Sie konnte Daniel anrufen.

»Georgia?« Dan ging sofort ans Handy. »Ich bin schon auf dem Weg.«

Schnell erzählte Georgia von dem Jungen und dem merkwürdigen Gespräch.

»Hör mal, keine Panik«, beruhigte Daniel sie. »Bestimmt hat es nichts weiter zu bedeuten. Aber ich bin so oder so in fünf Minuten bei dir.«

Als Dan kurz darauf durch das Gartentor kam, war Georgia unglaublich erleichtert. Sie konnte sich nicht erinnern, jemals so froh gewesen zu sein, jemanden zu sehen. Zu seiner Freude rannte sie auf ihn zu und begrüßte ihn überschwänglich.

»Du brauchst dir keine Sorgen zu machen«, beruhigte er sie zuversichtlich. »Wir bekommen die ganze Zeit unerwartete Besucher auf unserem Bauernhof. Normalerweise sind es nur irgendwelche Verkäufer.«

»Aber das war keiner!«, rief Georgia aus. »Da bin ich mir ganz sicher. Dafür war er auch viel zu jung.«

»Schon gut, schon gut«, sagte Daniel. »Hör mal, ich habe überlegt wegen dem, was Jemma gesagt hat. Wenn du dir immer noch Sorgen machst, na ja ...« Er deutete auf eine große Leinentasche, die er am Tor stehen gelassen hatte.

»Was ist das denn?«, fragte Georgia verblüfft.

»Zelte«, antwortete Dan. »Ich hab sie von meinem Bruder geborgt. Ich dachte, wir könnten heute Nacht bei den Ponys Wache halten. Natürlich nur, wenn deine Mutter einverstanden ist. Und wir müssen es mit Simon absprechen, aber ich wüsste nicht, was er dagegen haben sollte, oder was meinst du?«

»Das ist ja ein toller Plan!« Georgia lächelte Daniel dankbar an. Sie fand es toll, dass er sich solche Gedanken machte.

»Und nicht nur das, ich habe auch noch Schlafsäcke und Essen mitgebracht.« Er tippte auf seinen Rucksack.

»Du hast wirklich an alles gedacht!«, lobte Georgia ihn begeistert. »Ich frage mal, ob Emma auch dabei sein will«, fügte sie hinzu, denn sie wollte ihre beste Freundin nicht ausschließen. »Ich rufe sie gleich an, sobald ich mit meiner Mutter und Simon gesprochen habe.«

»Gute Idee«, sagte Daniel. »Also, wo sollen wir sie dann hinstellen?«, rief er Georgia nach, während sie zum Haus ging.

»Vielleicht dort drüben«, antwortete sie und deutete auf die Wiese gleich neben den Ponys.

»Okay, ich fange schon mal an.« Daniel grinste und ging hinüber zu der Tasche.

Als Georgia mit ihrer Mutter und Simon gesprochen hatte und zurückkam, hatte Dan die zwei Zelte bereits aufgebaut. Georgia hatte auch Emma angerufen, die von der Möglichkeit, mit ihnen zu campen, sofort begeistert gewesen war und von ihrer Mutter ebenfalls die Erlaubnis bekommen hatte. Daniel hatte daher vorgeschlagen, dass die beiden Mädchen sich das größere Zelt teilten.

»Das wird Spaß machen«, meinte er und machte einen Schritt zurück, um seine Arbeit zu bewundern. »Ich habe nicht oft die Chance, abends von der Farm wegzukommen.«

Georgia lächelte, doch sie konnte das ungute Gefühl, das sie seit dem Auftauchen dieses merkwürdigen Jungen gehabt hatte, immer noch nicht ganz abschütteln. Natürlich würde es lustig werden, mit ihren Freunden zu campen, doch irgendwie war ihr bei dem Gedanken an diesen Typen trotzdem nicht ganz wohl …

Dennoch würde sie sich diese Nacht um einiges besser fühlen, wenn sie hier bei den Ponys war, statt sich zu Hause in ihrem Bett um sie Sorgen machen zu müssen.

Während der Abend verging und nichts passierte, begann Georgia, sich langsam besser zu fühlen. Sobald die Ponys gefüttert waren und Daniel, Georgia und Emma zusammen das Picknick beendet hatten, saßen die drei Freunde mit den Hunden im Gras. Daniel hatte einen Terrier auf seinem Schoß und streichelte seine Ohren, zog sie langsam und liebevoll durch seine Finger.

Zufrieden blickte Georgia zu den Ponys, die in ihre Nähe gekommen waren und jetzt über den Zaun spähten.

Lily hielt sich schüchtern zurück, doch als Georgia aufstand und sie lockte, kam sie langsam nach vorn.

»Weißt du, Georgia, selbst ich kann sehen, wie gern dieses Pony dich hat«, sagte Emma, während sie zuschaute, wie ihre Freundin zärtlich das Pony streichelte.

»Ich weiß«, erwiderte Georgia, und ihr wurde ganz warm ums Herz. »Ich hab solches Glück. Sie ist das Beste, was mir seit langem passiert ist!« Dann räusperte sie sich und grinste ihre Freunde an. »Und wie sieht es aus, habt ihr vielleicht Lust auf ein Tennismatch?«

Der Abend ging unglaublich schnell vorbei. Emma und Dan spielten auf dem Platz der Haydens Tennis, während Georgia neben den Ponys auf dem Bauch liegen blieb, mit einem Auge das Spiel beobachtete und mit dem anderen Lily, die bei ihr am Zaun stand.

Später, als die Sonne unterging und der Abend kühler wurde, wickelten sie sich alle in Decken und lagen auf dem Rücken, um den wolkenlosen nächtlichen Himmel und die unendlich vielen Sterne zu bewundern, die über ihnen funkelten.

»Es ist richtig magisch, oder?«, meinte Emma.

»Auf jeden Fall«, stimmte Georgia zu.

Die Ponys schliefen inzwischen, Callie hatte sich hingelegt, und Wilson und Lily ruhten sich auf den Hinterbeinen aus und ließen die Köpfe und die Unterlippen hängen.

Während Georgia die Ponys im Schlaf beobachtete, wurde sie selbst müde und kündigte an, schlafen zu gehen. Sie kroch ins Zelt und schlüpfte in ihren Schlafsack. Emma kam ihr nach, gefolgt von Pip, der sich auf seiner Hundedecke zusammenrollte.

»Gute Nacht, alle zusammen!«, rief Daniel fröhlich aus seinem Zelt. »Schlaft gut!«

Doch Georgia schlief gar nicht gut. Sie wachte einige Male auf, weil sie meinte, etwas gehört zu haben. Doch sobald sie angestrengt lauschte, bestätigte ihr Verdacht sich nicht. Jedes Mal lag sie ein paar Minuten mucksmäuschenstill, bevor sie wieder einnickte. Pip schlief neben ihr und zuckte hin und wieder im Traum. Emma schlief ebenfalls tief und fest, ihr Atem ging völlig gleichmäßig.

Beim nächsten Mal, als Georgia erwachte, blickte sie auf ihre Uhr. Zehn nach drei. Plötzlich wusste sie, was sie geweckt hatte – ein raschelndes Geräusch draußen. Georgia setzte sich auf. Sie konnte die Ponys mit den Füßen stampfen hören und erkannte Wilsons Schnauben.

Als sie aus ihrem Zelt kroch, konnte sie gerade noch die Umrisse von Lilys blassem Körper ausmachen, die zwischen Wilson und Callie stand. Alle drei Ponys hatten die Köpfe hoch erhoben und starrten auf etwas in der Ferne. In der Nähe keckerte ein Fuchs, ein unheimliches Geräusch, das durch die ruhige Nacht schallte. Die Ponys zuckten zusammen, schnaubten und scheuten leicht. In diesem Moment kroch auch Dan aus seinem Zelt.

»Konntest du auch nicht schlafen?«, fragte er leise.

»Ich dachte, ich hätte etwas gehört«, flüsterte Georgia zurück.

Beide standen sie ruhig da und lauschten angestrengt. Die Ponys waren jetzt ruhiger und wirkten unbesorgt.

Nur Lily hatte den Hals noch hoch erhoben und schien auf etwas zu spähen, was in der dunklen Nacht nicht zu erkennen war. Das kleine Palomino sah so mystisch aus wie ein Einhorn, seine helle Mähne schimmerte im Mondlicht.

Daniel trat näher zu Georgia, um sie zu beruhigen. Es fühlte sich für Georgia merkwürdig an, so nahe bei einem Jungen zu stehen, doch seine Wärme und Gegenwart wirkten tröstend.

»Es war wahrscheinlich nur ein Fuchs«, meinte Daniel und drehte sich zu Georgia. »Hör mal, ich verspreche dir, dass den Ponys nichts passiert«, sagte er. »Und Lily schon gar nicht. Nachdem ich ihr das Leben gerettet habe, ist sie mir auch ans Herz gewachsen.«

Georgia nickte. »Aber ich glaube, ich kann trotzdem nicht mehr schlafen«, sagte sie schließlich.

»Ich auch nicht«, antwortete Daniel. »Ich bleib mit dir hier draußen, wenn du magst.«

Und so holten die beiden ihre Schlafsäcke und blieben schweigend die restliche Nacht vor den Zelten sitzen und betrachteten die Ponys, bis die ersten Sonnenstrahlen auf die Felder fielen und sie in einen warmen rosa Schein badeten.

Kapitel achtzehn

Als der Morgen anbrach, war Georgia ziemlich steif und müde. Nachdem die drei Freunde die Reste ihres Picknicks zum Frühstück verzehrt und heißen Tee getrunken hatten, den Simon ihnen gebracht hatte, beschloss Georgia zu duschen, um wach zu werden. Sie musste sich allerdings beeilen, denn sie wollte die Ponys bewegen, bevor es zu heiß wurde.

»Ich muss nach Hause, meinem Vater beim Vieh helfen«, sagte Daniel entschuldigend. »Aber ich komme später wieder.«

»Das wäre toll«, sagte Georgia. »Dann bis später und danke für alles.«

»Ich kann bleiben und dir helfen«, bot Emma an. »Ich könnte Wilson reiten, wenn du Lily nimmst, dann wärst du nicht allein.«

»Super«, sagte Georgia dankbar.

Und so ritten die beiden aus, nachdem Georgia geduscht hatte. Sie hielten sich mehr im Wald auf, statt auf den offenen Feldern. Dennoch schafften sie es nur eine Stunde lang, bevor es zu warm wurde. Man spürte bereits, was für ein unglaublich heißer Tag es werden würde.

Zu Georgias Überraschung wartete Tory im Hof, als sie zurückkamen. Sie lehnte am Gartentor, gekleidet für einen Ausritt, obwohl sie nicht mit ihrem Pferd da war. Sie trug enganliegende Reithosen und ein ebenso enganliegendes schwarzes T-Shirt. Ihr langes dunkles Haar war zu einem Pferdeschwanz zusammengebunden, und sie hatte eine Sonnenbrille auf. Jetzt schob sie sich vom Tor weg und ging hinüber zu Georgia, die merkte, wie Lily sich unter ihr anspannte.

»Wo ist Sophie?«, fragte sie und machte sich nicht einmal die Mühe, hallo zu sagen.

»Sophie?« Georgia runzelte überrascht die Stirn. Wieso wusste Tory nicht, wo ihre Freundin war? »Sie ist nicht hier. Sie ist mit Melanie unterwegs, um sich ein paar Unis anzusehen.«

Ein schwaches Lächeln umspielte Torys Lippen, doch es wirkte nicht besonders freundlich. »Ach ja?«, antwortete sie und machte einen Schritt auf Lily zu, die daraufhin zurückwich.

»He! Vorsichtig!«, sagte Georgia. »Du machst sie nervös.« Sie stieg ab und führte Lily an den Zügeln an Tory vorbei.

»Wie macht sich denn das Palomino? Immer noch ein wenig launisch, was?«, rief Tory ihr nach.

»Lily geht es bestens, danke«, erwiderte Georgia entschieden und drehte sich zu Tory um, als sie den Stall erreicht hatte.

»Gut …« Torys Gesicht zeigte ein gekünsteltes Lächeln. »Tja, dann richte Sophie doch aus, dass ich vorbeigekommen bin, ja?«

Georgia fragte sich, warum Tory das Sophie nicht selbst sagen konnte, und sah dem Mädchen nach, das auf dem Absatz kehrtmachte und selbstbewusst aus dem Hof marschierte. Sophies Freundin öffnete die Tür eines silberfarbenen Sportwagens, der draußen am Straßenrand gewartet hatte, und setzte sich auf den Beifahrersitz. Georgia konnte nicht sagen, wer der Fahrer war, doch es war definitiv nicht Torys Mutter. Es war ein männlicher Fahrer, soweit sie das erkennen konnte, und er hatte eine Baseballkappe tief in sein Gesicht gezogen.

»Was sollte das denn?«, rief Emma aus.

»Ich weiß nicht«, antwortete Georgia und merkte, wie ihr wieder einmal eine Gänsehaut über den Rücken lief, »aber ich habe vor, es herauszufinden …«

Es gab jede Menge zu tun auf dem Hof, und die Mädchen versuchten, Torys Besuch zu vergessen, während sie ihre Arbeit taten. Aber als eigentlich alles erledigt war, ertappte Georgia sich dabei, wie sie den Hof noch einmal energisch kehrte, nur um nicht mehr an Torys Worte denken zu müssen.

Da die Mädchen ziemlich ins Schwitzen gekommen waren, fanden sie es an der Zeit, sich im Pool der Haydens abzukühlen. Georgia schlüpfte in ihren Badeanzug, ging unter die Dusche und sprang ins saubere Wasser. Sie schwamm einige Bahnen und legte sich dann bäuchlings auf ein Handtuch neben Emma, mit Blick auf die Koppel. Das Schwimmen hatte ihr gutgetan. Und die Ponys sahen so friedlich aus. Vielleicht machte sie sich unnötig viele Sorgen.

Pünktlich um sechs Uhr kam Daniel durch das Hoftor.

»Hallo, Mädels«, rief er. »Alles okay?«

»Denke schon«, rief Georgia zurück und kniff die Augen gegen die Abendsonne zusammen. Daniels Haar war noch nass vom Duschen, und er trug Shorts und ein ausgefranstes Hemd. Georgia sah, wie er am Zaun anhielt, um die Ponys zu streicheln, die um seine Aufmerksamkeit buhlten.

Ein wenig später, sobald die Ponys und die Hunde für den Abend gefüttert und versorgt und die Hühner im Stall waren, ließen die drei Freunde sich ins Gras fallen.

»Wer möchte etwas trinken?«, fragte Daniel, brachte

Gläser und Eis aus dem Haus und öffnete eine Flasche Cola.

»Ich!«, rief Emma. »Ich bin total ausgetrocknet!«

»Ich auch«, sagte Georgia und nahm dankbar das Glas entgegen. »Ach, Daniel, stell dir vor, was heute noch Merkwürdiges passiert ist ...« Sie erzählte ihm schnell von Torys Besuch.

»Es war, als wolle sie nachsehen, was wir machen«, sagte Emma schließlich, »und sie tat so, als wisse sie nicht, dass Sophie nicht da ist.«

Dan zuckte mit den Schultern. »Schon komisch, wenn sie doch so gute Freundinnen sind. Vielleicht haben sie sich aber gestritten.«

»Vielleicht«, stimmte Georgia zögernd zu. »Aber hört mal, wie sieht es aus? Campen wir heute Nacht noch einmal alle zusammen hier? Simon hat nichts dagegen, und er muss heute Nacht sowieso woanders arbeiten. Mum sagte, ich dürfte, wenn ihr auch dabei wärt. Sie bringt uns auch etwas zu essen vorbei, wenn ich ihr Bescheid sage.«

»Gern, ich bin dabei«, sagte Em. »Ich rufe gleich meine Eltern an.«

»Dann sind wir wieder zu dritt!«, fügte Dan hinzu. »Mein Vater hat auch nichts dagegen.«

Nach dem brennend heißen Tag erwartete sie ein weiterer lauer Abend. Es war so trocken, dass das Gras sich bereits gelblich verfärbte und sich Risse in der ausgetrockneten Erde zeigten.

Emma bereitete das gemeinsame Abendessen vor, mit dem Georgias Mutter sie versorgt hatte. Es gab erst Baguettes mit kaltem Fleisch und Käse, dann zum Nachtisch Schokobrownies und frische Pfirsiche. Emma holte ihren iPod und Lautsprecher aus ihrer Übernachtungstasche, und sie verbrachten noch einen fröhlichen Abend und sangen und lachten miteinander. Georgia hatte richtig Spaß, dennoch nagte in ihr immer noch eine gewisse Sorge. Zur Beruhigung schickte sie Sophie eine SMS, um ihr mitzuteilen, dass Tory vorbeigeschaut hatte, in der Hoffnung, dass Sophies Antwort alles aufklären würde.

Doch Sophie antwortete nicht. Wahrscheinlich aßen sie gerade irgendwo zu Abend. Mit einem Seufzer legte Georgia ihr Handy ins Zelt zurück und plauderte wieder mit ihren Freunden.

Später in der Nacht, als alle schliefen, erwachte Georgia plötzlich. Was war das für ein Geräusch? Es klang wie ein Auto, das heranfuhr. Georgia merkte, wie ihr Herz schneller schlug. Es *war* ein Auto! Sie konnte zudem unterdrückte Stimmen und Schritte hören. Schnell griff sie nach ihrem Handy und sah nun auch die SMS von Sophie.

Dachte, Tory macht diese Woche Ferien
in Spanien??!!

Jetzt war Georgia klar, dass wirklich etwas nicht stimmte.

Schnell weckte sie Emma, bevor sie ihre Reitstiefel über den Pyjama anzog und aus dem Zelt kroch.

»Dan ... Daniel...«, flüsterte sie und versuchte, nicht panisch zu werden. »Daniel, wach auf!«

»Ähm ... Wie spät ist es denn?«, antwortete Daniel und kroch aus seinem Zelt.

»Kurz nach Mitternacht«, antwortete Georgia. »Hör doch mal! Hörst du das nicht auch?«

Dicht zusammengedrängt versuchten sie herauszufinden, woher die Stimmen kamen.

»Okay«, sagte Daniel energisch. »Ich gehe vor zum Haus; ihr zwei geht zu den Ponys!«

Georgia und Emma liefen quer durch den Garten, kletterten über den Zaun und sprangen auf die Koppel.

Zu Georgias Erleichterung befanden sich alle drei Ponys am anderen Ende der Koppel.

»Alles in Ordnung, Em«, flüsterte sie. »Sie sind da, und es geht ihnen gut.«

»Aber sieh doch mal!«, zischte Em.

Georgia blickte zur anderen Seite der Wiese in die Schatten der Bäume und schnappte entsetzt nach Luft. Zwei Gestalten kletterten an der Straßenseite über den Zaun!

Kapitel neunzehn

»Geh und hol Dan! Und bring die Halfter der Ponys aus der Sattelkammer mit!«, flüsterte Georgia drängend. Sofort drehte Emma sich um und rannte zum Hof zurück.

Als spürten sie die plötzliche Gefahr, trotteten alle drei Ponys zu Georgia herüber. Wilson schnaubte, Lily und Callie warfen nervös die Köpfe hoch. Georgia versuchte, sie flüsternd zu beruhigen, doch die Ponys blieben unruhig.

Georgia machte sich auf das Schlimmste gefasst und stellte sich vor die Pferde, während sie die sich nähernden Gestalten beobachtete. Prompt erkannte sie die gleichen Jungen, die schon das erste Mal mit Jemma zusammen Lily hatten abholen wollen. Und einer von ihnen hatte ein Seil in der Hand. Jetzt wollten sie Lily tatsächlich holen! Georgia merkte, wie Wut in ihr aufstieg. Wie konnten sie es wagen, das kleine Palomino zu stehlen! Sie holte tief Luft und richtete sich zu ihrer ganzen Größe auf, ihre Wut war stärker als ihre Furcht.

»Du schon wieder«, höhnte einer der Jungen. »Also, wie sieht's aus? Bist du vernünftig, oder müssen wir uns zuerst um dich kümmern?«

»Ihr werdet sie *nicht* mitnehmen«, entgegnete Georgia entschieden. »Sie gehört hierher, und ich lasse nicht zu, dass ihr sie holt.« Sie versuchte, ihre Panik nicht in ihrer Stimme durchklingen zu lassen, und blickte zum Haus auf der Suche nach irgendeinem Anzeichen von Emma. Wo blieb sie nur? Und wo war Daniel?

»Jetzt komm schon«, versuchte der Junge es etwas umgänglicher. »Wir wollen dir ja nichts tun, aber wir müssen etwas zurückzuholen, was dir nicht gehört. Das ist Jemmas Pony. Sie vermisst es.«

Georgia hätte bei dieser Aussage fast lachen müssen, wenn das Ganze nicht so bedrohlich gewesen wäre.

»Es ist nicht mehr Jemmas Pony!«, entgegnete sie. »Es wurde an uns verkauft, versteht ihr!«

»Tja, Jem sagt was anderes«, mischte sich der zweite Junge jetzt ein. »Ihr Opa hat sie nicht mehr alle, kapiert? Er weiß gar nicht mehr, was er tut. Jemma und ihre Mutter schmeißen jetzt den Laden, also alles, was mit Kaufen, Verkaufen, Züchten und so weiter zu tun hat …«

»Und das Schlagen von Ponys gehört auch dazu?«, zischte Georgia, mit vor Wut und Angst bebender Stimme.

»Hör mal«, fuhr der Junge fort und klang ungeduldig, während er das schwere Seil, das er in der Hand hielt, über seine Schulter schob. »Ich rate dir, uns lieber aus dem Weg zu gehen, bevor wir dich dazu zwingen müssen.«

Lily stand immer noch hinter Georgia, und als die Jungen einen Schritt nach vorn machten, bäumte sie sich auf. Die Jungen, die offensichtlich keine Reiter waren, zogen sich nervös zurück.

»Geh mir aus dem Weg«, sagte der ältere der beiden Jungen zu Georgia und machte unvermittelt einen Satz auf sie zu. Sie schrie auf, als er sie grob am Arm packte. Unwillkürlich wich sie nach hinten zurück und fasste in die Mähne von Lily, die jetzt panisch wurde und mit beiden Füßen nach hinten ausstieß.

Noch bevor der Junge reagieren konnte, hatte Georgia sich auf Lilys Rücken geschwungen. Sie legte die Beine eng um ihre Seiten und vergrub die Hände in der weißen Mähne. »Los!«, schrie sie.

Das Palomino bäumte sich im ersten Moment auf, während es einen Satz nach vorn machte und geradewegs zwischen den beiden Angreifern hindurchgaloppierte, so dass die Jungen gezwungen waren, zur Seite zu springen, um nicht von den Hufen getroffen zu werden.

Das Pony und seine Reiterin rasten die Koppel entlang wie ein goldener Blitz, und Georgia hielt sich dabei fest, so gut sie konnte. Wilson und Callie folgten mit wehenden Mähnen in einer Staubwolke dicht hinter ihnen.

Als Georgia den Zaun erreichte, der die Koppel von den dahinterliegenden Wiesen trennte, lenkte sie Lily wieder in Richtung ihrer Verfolger. Diese rannten jetzt ebenfalls, ihre Gesichter waren vor Wut gerötet, während sie einem auf einmal aufgetauchten dritten Jungen Anweisungen zuriefen. Zu Georgias Entsetzen hielt dieser eine Longierpeitsche in der Hand und noch etwas, was wie ein Leinensack aussah, den er Lily offenbar über den Kopf ziehen wollte!

Angespannt blickte Georgia sich nach einem Ausweg um und entdeckte jetzt einen Viehtransporter, der auf der Straße parkte. Zum ersten Mal wünschte sie sich, die Haydens würden näher an einer Hauptstraße wohnen. Niemand im Ort würde etwas von all dem Tumult hier draußen hören.

Wo waren denn nur Emma und Daniel? Georgia hoffte, dass Emma zumindest Daniel gefunden hatte, und betete, dass sie nicht in Gefahr waren.

Als Georgia das Palomino wieder zum Hof drehte, hörte sie einen gedämpften Ruf. Das klang nach Emma! Der Schrei kam aus dem Sattelraum. Trotz der Dunkelheit konnte Georgia ein dunkelhaariges, großes Mädchen ausmachen, das sich von draußen gegen die Tür stemmte und versuchte, den Riegel vorzuschieben.

Tory! Was um Himmels willen machte sie denn hier?

Aber darüber konnte sie jetzt nicht weiter nachdenken. Einer der Jungen versuchte, Wilson und Callie zurück in den Hof zu treiben, um Lily besser einfangen zu können. Saßen sie in der Falle?

»Also, übergibst du sie uns jetzt freiwillig, oder müssen wir dich erst runterholen?«, fragte der jüngere der beiden.

In einem letzten verzweifelten Versuch wendete Georgia erneut und schlang die Beine um Lilys Flanken. Das Palomino galoppierte los und wurde immer schneller. Sie ritten auf den Zaun zu. Für einen winzigen Moment zögerte Lily, doch bevor Georgia noch darüber nachdenken konnte, wie hoch der Zaun war, hatte Lily die Hufe angezogen und übersprang das Hindernis so elegant, als würde sie fliegen.

Trotz ihrer Angst musste Georgia begeistert auflachen, und Lily fegte mit ihr über die Wiese. Das hohe Gras streifte Georgias Füße, während sie immer weitergaloppierten. Sie hatten es geschafft! Nun mussten sie nur noch den Fußweg erreichen und konnten dann nach vorn zum Hauseingang reiten.

Unvermittelt wurde Georgia nach der nächsten Biegung von Scheinwerfern geblendet, und ein Geländewagen kam schnell auf sie zu. Lily wich scharf nach rechts aus, und Georgia stürzte vom Pferd. Sie hörte noch aufgeregte Rufe und Lilys ängstliches Wiehern, dann das schwache Heulen von Sirenen. Danach wurde alles um sie herum dunkel, und sie versank in absoluter Schwärze.

Kapitel zwanzig

Georgia fühlte sich, als schwämme sie in Sirup. Alles war schwer und zäh, und es war entsetzlich anstrengend, sich zu bewegen. Sie konnte den Himmel über sich sehen und wusste, dass sie auf dem Boden lag, doch sie hatte einfach nicht die Energie aufzustehen. Ihr ganzer Körper war bleiern, und ihr linker Arm schmerzte heftig. Ein Licht winkte am Ende der Dunkelheit, und … Moment mal … was war das? War das Daniels Stimme?

Plötzlich war alles so hell, dass es ihr in den Augen schmerzte. Daniel rief etwas, seine Stimme war laut, und er klang aufgeregt.

»Georgia! Georgia! Ich bin da!«

»Was?«, antwortete Georgia schleppend.

»Nicht bewegen!«, sagte eine andere Stimme, eine ältere Stimme, die Georgia nicht erkannte.

»Georgia, du bist wach!« Daniel fasste jetzt ihre Hand. »Alles ist gut, der Krankenwagen ist da. Alles wird gut.«

Krankenwagen? Georgia erschrak, doch sie war zu schwach, um zu antworten. »Lily!«, stieß sie hervor, ihre Lippen waren aufgesprungen und trocken.

»Lily geht es gut«, versicherte Daniel. »Sophie ist bei ihr. Sie und Melanie sind früher nach Hause gekommen. Ich erkläre dir alles, wenn es dir wieder bessergeht.«

Georgia merkte, wie sie auf eine Bahre gehoben wurde, und selbst in ihrem Schockzustand verspürte sie große Erleichterung.

Zwei Stunden später setzte sich Georgia in ihrem Krankenhausbett auf. Wundersamerweise war ihr Kopf soweit in Ordnung, auch wenn die Ärzte eine Gehirnerschütterung vermuteten. An ihrer Wange hatte sie einen böse lila gefärbten Bluterguss, und ihr Handgelenk war gebrochen. Das Zimmer war voller Besucher: ihre Mutter, die ihre unverletzte Hand hielt, Daniel, Emma, Melanie und Sophie.

»Du hast es geschafft, Georgia!«, sprudelte Emma heraus. »Du hast sie vertrieben.«

Georgias Mutter lächelte. »Langsam, Em«, sagte sie. »Erzähl eins nach dem anderen.«

Emma nickte, und nun wurden alle Puzzleteile der Ereignisse aus der vergangenen Nacht zusammengesetzt. Angefangen damit, dass Melanie und Sophie von Torys Verhalten so irritiert waren, dass sie sich Sorgen machten, zumal Simon auch nicht da war. Also waren sie früher nach Hause gefahren. Noch während der Fahrt hatten sie einen entsetzten Anruf von Torys Mutter erhalten, die zufällig einen Teil des Gesprächs ihrer Tochter mit ihrem neuen Freund mitgehört hatte, in dem sie die nächtlichen Pläne besprachen.

Sophie, die schon länger vermutete, dass Tory mit einem der Jungen aus Jemmas Umfeld zusammen war, hatte die Polizei angerufen.

Als Emma dann von der Koppel losgelaufen war, um Daniel zu holen, hatte Tory es geschafft, ihn und Emma in der Sattelkammer einzuschließen.

»Die Jungen sind beim Anblick des Polizeiautos gleich weggelaufen. Und Em und ich waren wirklich froh, als die Polizei uns rausließ«, erzählte Daniel und grinste Georgia an.

»Das hört sich ja wie ein richtiger Krimi an!«, schaffte sie es zu witzeln, jetzt, da sie alle in Sicherheit wusste.

»Ein Krimi, der zum Glück gut ausgegangen ist«, meinte Georgias Mutter, in deren Augen noch die Sorge zu lesen war. »Das Ganze hätte auch böse enden können. Ich hatte ja keine Ahnung, dass Simon nicht da war, sonst hätte ich niemals zugestimmt, euch dort übernachten zu lassen. In Zukunft werde ich ganz bestimmt aufmerksamer sein ...« Sie brach ab, und Tränen stiegen ihr in die Augen.

»Tut mir leid, Mum«, krächzte Georgia und drückte die Hand ihrer Mutter. »Du hattest immer so viel zu tun, ich wollte dich nicht belasten.«

»Nun, es hat sich ja alles zum Guten entwickelt«, Lucy Black lächelte schwach. »Und wenn du nicht da gewesen wärst, wäre Jemma inzwischen mit einer völlig verstörten Lily schon auf halbem Weg zurück nach Wales.«

Jemma!, dachte Georgia mit plötzlicher Sorge.

»Schon in Ordnung, Georgia«, sagte Daniel schnell, als könne er ihre Gedanken lesen. »Die Polizei hat Jemma am Bahnhof erwischt. Sie wollte sich wohl dort verstecken und den ersten Zug zurück nach Wales nehmen.«

Georgia verspürte eine riesige Erleichterung. Jemma war in Polizeigewahrsam. Jetzt konnte sie Lily auf keinen Fall mehr entführen.

Melanie, die geduldig gewartet hatte, während alle redeten, meldete sich nun zum ersten Mal zu Wort.

»Ich gehe gleich morgen mit dem Brief von Jemmas Großvater und Lilys Dokumenten zur Polizei. Dadurch kann ich beweisen, dass Lily rechtmäßig mir gehört, und Jemma kann uns somit nicht mehr belästigen. Das Ganze wird noch ein ernstes Nachspiel haben, besonders, da diese Jungen dich bedroht haben.«

Georgia schauderte, als sie sich daran erinnerte, wie

die Jungen Lily und sie in die Enge getrieben hatten. Dabei fiel ihr auch der unglaubliche Sprung von Lily in die Freiheit ein.

»Weißt du, Lily ist nach deinem Sturz nicht von deiner Seite gewichen«, fügte Melanie sanft hinzu. »Sie muss dich wirklich sehr gern haben.«

Georgias Mutter strich ihrer Tochter sanft übers Haar. »Melanie und ich haben schon über etwas nachgedacht.« Sie lächelte. »Wir wollten noch warten, aber ich glaube, jetzt wäre auch eine gute Gelegenheit, es dir zu erzählen.« Sie drehte sich zu Melanie. »Sagst du es ihr?«

»Mir was sagen?« Georgia blickte verwirrt von ihrer Mutter zu Melanie.

»Ich möchte gern, dass du Lily dauerhaft geliehen bekommst«, sagte Melanie. »Sie kann auf dem Hof bleiben, aber sie wäre dann im Grunde dein Pferd.«

»Wirklich?« Georgia blinzelte ungläubig. Das übertraf ihre kühnsten Träume.

»Ja, wirklich«, bestätigte Melanie. »Du hast so viel für dieses Pony getan. Du verdienst es, und es ist alles schon beschlossen. Du kannst für den Unterhalt aufkommen, indem du weiter im Stall hilfst.«

»Und meine Gemälde verkaufen sich inzwischen auch ganz gut«, ergänzte Georgias Mutter. »Also können wir uns auch ihren sonstigen Unterhalt leisten.«

Georgia wusste gar nicht, was sie sagen sollte. Sie bekam praktisch ihr eigenes Pony! »O danke! Vielen, vielen Dank! Das ist das Schönste, was mir im ganzen Leben passiert ist!« Georgia versuchte, sich aufzusetzen, um Melanie zu umarmen, doch irgendwie war sie noch zu schwach.

Melanie tätschelte ihre Hand. »Ihr beiden habt eine so besondere Beziehung«, sagte sie. »Lily braucht natürlich immer noch ein wenig Zeit, um ihr Selbstbewusstsein vollständig zurückzugewinnen, aber ich denke, dass du ihr dabei helfen kannst und sie irgendwann ein erstklassiges Turnierpferd wird. Was meinst du dazu?«

Georgia brachte kaum einen Ton heraus; sie hatte einen Kloß im Hals, und Tränen stiegen ihr in die Augen. »Das ist einfach so toll!«, flüsterte sie. Dann drehte sie sich zu ihrer Mutter um. »Vielen, vielen Dank, Mum. Ich verspreche, ich werde dich nicht enttäuschen ... mit der Schule, meine ich.«

Georgias Mutter lächelte und drückte die Hand ihrer Tochter, auch in ihren Augen standen Tränen. »Daran werde ich dich erinnern, junge Dame. Aber vielleicht hilft es ja sogar, wenn du dein eigenes Pony hast – du wirst dich mehr konzentrieren müssen und verantwortungsvoller sein, keine Tagträume mehr! Und jetzt, denke ich, solltest du dich noch ein wenig ausruhen, mein Schatz«, fügte sie hinzu und stand auf. »Ich glaube,

Daniel wollte dir auch noch etwas sagen.« Sie drehte sich zu Daniel. »Bleib nicht mehr zu lange, ja? Sie ist ziemlich müde.«

»Geht klar, Mrs Black.« Daniel nickte den anderen zu, als Georgias Mutter, Melanie, Emma und Sophie das Zimmer verließen und ihn mit der Patientin allein ließen.

Georgia schluckte schwer. Ihre Handflächen waren feucht. Sie wusste nicht, warum, aber plötzlich hatte sie ein ganz komisches Gefühl im Bauch, als Daniel sich zu ihr drehte.

»Du warst der totale Hammer, Georgia Black, weißt du das?«, sagte er, sobald die Tür geschlossen war.

Georgia grinste schwach.

»Und ich wollte dich noch etwas fragen«, fuhr er leise fort.

Georgia sah ihn fragend an.

»Nächste Woche ist doch der Mittsommertanz«, sagte er und sah auf einmal verlegen drein. »Ich dachte … na ja … wenn es dir bessergeht und alles, hast du vielleicht Lust, mit mir hinzugehen?«

Es herrschte einen Moment Stille, bevor Georgia schüchtern nickte.

»Ist das dann ein Ja?«, fragte Dan.

»Ja«, bestätigte Georgia. »Das ist es auf jeden Fall.«

Es dauerte noch ein paar Tage, bis Georgia das Krankenhaus verlassen durfte. Ihr Handgelenk steckte in knallrosa Gips, und jede Menge Ratschläge des Doktors hallten ihr noch in den Ohren. Georgias Mutter holte sie mit einem aufgeregten Pip ab, der auf dem Beifahrersitz saß und sich freute, sie zu sehen.

»Darf ich zur Redgrove Farm, Mum?«, fragte Georgia, sobald sie im Auto saß.

»Irgendwie habe ich mir fast schon gedacht, dass du das fragen würdest.« Lucy lachte. »Ich vermute, da gibt es ein bestimmtes Pony, das du gern besuchen möchtest?«

Georgia umarmte ihre Mutter, die nun den Schlüssel im Zündschloss umdrehte und den Parkplatz des Krankenhauses verließ. Bald fuhren sie langsam durch die vertrauten Straßen, flankiert von dichten grünen Hecken, die mit Brombeeren beladen waren.

Als das Auto nach Redgrove abbog, konnte Georgia bereits die Ponys sehen. Lily befand sich auf der Koppel, Callie machte neben ihr ein Nickerchen, und Wilson war im Hof und wurde von Sophie gebürstet, die lächelnd winkte, als Georgia aus dem Wagen stieg.

Georgia winkte zurück und beeilte sich, zur Koppel zu kommen, um endlich das Palomino wiederzusehen. Sobald Lily sie erblickte, begrüßte sie ihre Freundin mit einem Wiehern und trottete zum Zaun.

Mit ihrem eingegipsten Arm hantierte Georgia sehr vorsichtig, als sie das Gatter öffnete, um in die Koppel zu kommen. Dann schlang sie ihren gesunden Arm um den goldenen Hals des Palominos. Mit geschlossenen Augen atmete sie den wunderbaren Pferdegeruch ein. Lily war in Sicherheit, und was noch besser war: Sie gehörte ihr! Auch wenn sie nur geliehen war, das war Georgia egal. Sie konnte gar nicht aufhören, von einem Ohr zum anderen zu grinsen.

In diesem Augenblick kam Melanie aus dem Haus, gefolgt von den laut bellenden Hunden. »Sie macht sich wirklich gut, wenn man überlegt, was sie durchgemacht hat, oder?« Sie nickte in Lilys Richtung.

»Stimmt«, pflichtete Georgia ihr aus ganzem Herzen bei.

Sie kehrten zum Hof zurück, wo Sophie immer noch Wilsons Schweif bürstete. Sie sah ein wenig verlegen und gleichzeitig aufgebracht aus. »Ich wollte nur sagen, wie leid es mir tut«, stieß sie leise hervor.

»Warum?«, fragte Georgia überrascht. »Was meinst du denn? Es war doch nicht deine Schuld!«

Sophie lächelte traurig. »Nein, aber Tory ist ... entschuldige *war* ... meine Freundin. Ich hätte merken müssen, wie sie wirklich ist. Sie hatte nur noch diesen neuen Freund im Kopf, und ich war so sauer auf sie, ich hab einfach nicht mehr richtig zugehört, was sie genau gesagt hat. All diese Fragen, die sie stellte ... mir war gar nicht klar, dass sie mich benutzte, um mehr über Lily zu erfahren. Ich glaube, sie wollte bloß diesen Jungen beeindrucken. Er ist älter als sie und ... na ja, sie wollte zu den coolen Leuten gehören, die bei den Turnieren zusammen abhängen. Diese Leute waren wohl auch viel cooler als ich. Aber der Schuss ist anscheinend nach hinten losgegangen, und sie hat jetzt jede Menge Ärger. Ich glaube, ihre Mutter gibt ihr so ungefähr lebenslänglich Hausarrest.« Die Worte kamen in einem einzigen Redeschwall heraus.

»Mir gegenüber war Tory nie besonders nett«, sagte Georgia, »aber auch nicht wirklich böse.«

»Ich weiß«, sagte Sophie. »Doch in Zukunft werde ich meine Freundinnen auf jeden Fall sorgfältiger auswählen.«

Georgia umarmte Sophie ganz fest. Sie hatte immer zu Sophie aufgesehen und sie für ziemlich cool gehalten – sie war beliebt und eine talentierte Reiterin –, aber Georgia mochte sich gar nicht vorstellen, wie sie selbst sich fühlen würde, wenn jemand, den sie für eine Freundin gehalten hatte, sie so hintergehen würde. Sie hatte das Gefühl, mit ihren beiden treuen besten Freunden Emma und Daniel unglaubliches Glück zu haben.

»Hey, du und Lily, ihr könnt ja bei den Turnieren mitmachen, sobald dein Arm wieder heil ist!«, sagte Sophie fröhlich und wechselte damit das Thema. »Ich denke, ich werde mich in nächster Zeit auch mehr auf die Pferde konzentrieren – sie sind einfach viel verlässlicher als Menschen.«

Georgia lachte. »Ich würde nichts lieber tun, als Lily bei einem Turnier zu reiten, aber ich denke, es gibt noch jede Menge zu tun, bevor wir deinen Level erreicht haben. Aber man weiß ja nie … eines Tages vielleicht!«

Kapitel einundzwanzig

Dieser Tag stellte sich als einer der schönsten der ganzen Sommerferien heraus. Georgia verbrachte den kompletten Tag mit Sophie, sah ihr beim Springreiten auf Wilson zu, und obwohl sie wegen ihres gebrochenen Handgelenks nicht auf Lily reiten konnte, war es zumindest möglich, sie an einem Führseil über einen Hindernisparcours auf der Koppel zu führen. Das machte großen Spaß, und Lily bewegte sich voller Leichtigkeit und Schwung. Ihre Hufe berührten beim Springen nicht einmal einen einzigen Pfosten.

Georgia seufzte. Das Leben war gerade total perfekt.

Als sie die kleine Stute zurück in den Hof führte, um sie trockenzureiben, kam Emma den Weg hoch.

»Stell dir vor, Georgia May«, sprudelte es aus ihr heraus. »Matt hat mich gerade zum Mittsommertanz eingeladen!«

Georgias Herz machte einen kleinen Sprung. Der Mittsommertanz! Er fand am kommenden Wochenende statt!

»Matt?«, fragte Georgia dann nach. Ihr fiel gerade keiner in ihrem Jahrgang mit diesem Namen ein.

»Du weißt schon, Matt Harris«, erklärte Emma mit einem Lächeln. »Er ist eine Klasse über uns.«

Georgia grinste und hob die Augenbrauen.

»Er ist so cool, Georgia!«, freute sich Emma und strahlte übers ganze Gesicht. »Ich weiß nur nicht, was ich anziehen soll!«

Georgia machte sich über Kleidung nie so viele Gedanken wie ihre Freundin. Sie legte überhaupt keinen Wert darauf, sich schicke Klamotten anzuziehen, und ihr Haar hatte schon seit langer Zeit keinen Haarschnitt mehr gesehen. Dennoch freute sie sich eigenartigerweise auf den Tanz. Sie hörte zu, als Emma sich ausgiebig über ihr noch auszuwählendes Kleid und ihre Frisur Gedanken machte, und versuchte, dabei so viel Begeisterung wie möglich zu zeigen.

Am Abend des Mittsommertanzes saß Georgia dann nervös in der Küche und gab sich alle Mühe, ruhig zu bleiben. Ihre Mutter hatte ihr beim Styling geholfen, und nun wartete sie auf Daniel, der gegen sieben kommen wollte. Nervös spielte sie mit einer Haarlocke.

»Georgia!«, schalt ihre Mutter. »Vorsicht! Ich habe ewig gebraucht, das so hinzubekommen!«

»Tut mir leid, Mum!« Georgia lachte. Sie musste zugeben, dass ihre Mutter ein halbes Wunder vollbracht hatte. Sie hatte das Haar so geföhnt, dass es glatt nach unten fiel und nur die Spitzen sich schön nach innen bogen. Die Sommersonne hatte weizenblonde helle Strähnen hineingezaubert, und eine silbern glänzende Haarspange steckte in der Seite. Georgia fühlte sich erstaunlich gut, auch wenn sie sich in ihrem T-Shirt und der Reithose sonst wesentlich wohler fühlte.

Ihre Mutter war noch am Vormittag mit ihr einkaufen gegangen und hatte darauf bestanden, dass sie sich ein Kleid aussuchte. Zusammen hatten sie sich für ein blassrosa Kleid entschieden, das sanft über Georgias Knien schwang, und es mit einem weichen silbernen Stoffschal kombiniert. Dazu hatten sie noch ein Paar silberne Schuhe mit Keilabsatz gefunden, die ihre gebräunten Füße mit dem korallfarbenen Nagellack hervorhoben. Georgia musterte sie jetzt bewundernd. Der einzige Makel war der Gips um ihr Handgelenk, doch ihre Mutter hatte sogar den mit silbernen Sternchenaufklebern verziert.

»Daniel wird dich gar nicht wiedererkennen!«, sagte ihre Mutter lächelnd. »Er kann sich glücklich schätzen!«

»Mum!«, rief Georgia aus und verdrehte die Augen, da klingelte es auch schon an der Haustür. »Wir sind doch nur Freunde!«

Daniel, der offensichtlich genauso verlegen war wie

Georgia und an der Tür wartete, sah in seinem Jackett und der Fliege ausgesprochen gut aus. Georgia lächelte ihn schüchtern an.

»Du siehst wirklich hübsch aus, Georgia!«, sagte er und grinste.

»Danke, du auch«, flüsterte Georgia zurück.

Mrs Black setzte sie bei der Schule ab, wo der Tanz stattfand. Ein Festzelt war aufgestellt worden, das mit goldenen Ballons und Lichterketten dekoriert war, eine Lichtorgel zuckte über die Tanzfläche, und zu Georgias Begeisterung gab es einen Schokoladenbrunnen und ein lecker aussehendes Buffet.

Sobald Emma die beiden entdeckt hatte, kam sie mit ihrem Date im Schlepptau zu ihnen. Sie strahlte übers ganze Gesicht. »Ist das nicht absolut toll, Georgia?«, rief sie aufgeregt.

»Ich denke schon«, stimmte Georgia zu.

Emma sah in ihrem zitronengelben Kleid ausgesprochen hübsch aus. Sie zeigte mit ihrer weißen perlenbesetzten Tasche begeistert in Richtung Tanzfläche. »Kommt schon! Wir müssen tanzen!«, rief sie aus.

Sie hakte sich bei Georgia unter und zog sie zur Tanzfläche, und Matt und Daniel folgten ihnen. Natürlich war die ganze Schule versammelt, und Georgia wurde sofort von ihren Freundinnen und Freunden umrundet, die alle neugierig erfahren wollten, wie sie zu ihrem Gips gekommen war. Doch bald zog die Musik sie in ihren Bann – Georgia war vorher gar nicht klar gewesen, dass Tanzen so viel Spaß machen konnte!

Als sie nicht länger tanzen konnte, ließ sie sich mit Daniel draußen ins Gras fallen, und sie teilten sich einen Teller mit Kanapees. Der Abend war warm, und der nächtliche Himmel umhüllte Georgia so sanft wie der silberne Schal, der locker um ihre Schultern lag. Nachdem sie sich eine Weile über den Anblick ihrer tanzenden Lehrer amüsiert hatten, drehte Daniel sich zu Georgia.

»Weißt du, das ist der beste Sommer, den ich je hatte«, meinte er leise.

Georgia sah in seine Augen. Wieso hatte sie nie bemerkt, wie blau seine Augen waren? So blau wie ganz helle Kornblumen. Sie merkte, dass sie ein ganz flaues Gefühl im Bauch bekam.

Daniel stieß einen kleinen Seufzer aus. »Es war nicht immer leicht, nachdem meine Mutter ... na ja, du weißt schon«, sagte er. »Aber mit dir und Emma, Lily und Melanie und den ganzen Pferden Zeit zu verbringen, das hat mich wirklich aufgemuntert. Es ist toll, mit euch allen was zu unternehmen, aber ganz besonders mit dir, Georgia.« Er lächelte sie verlegen an. Georgia hatte das Gefühl, der Wind rausche auf einmal laut in ihren Ohren. Sie wurde rot und senkte den Blick.

Als sie sich traute, wieder hochzublicken, grinste Daniel sie immer noch an. Er stieß sie sanft in die Rippen und lachte. »Selbst wenn du die totale Pferdenärrin bist!«, sagte er.

Sie brachen beide in lautes Gelächter aus. »Das kann schon sein, Daniel«, erwiderte Georgia, »aber ich denke, du bist inzwischen genauso ein Pferdenarr wie ich!«

»Da könntest du sogar recht haben!« Daniel grinste. Bevor Georgia noch irgendetwas sagen konnte, sprang er auf und zog sie an ihrer gesunden Hand hoch. »Na komm«, sagte er. »Zeigen wir den Lehrern mal, wie man richtig tanzt!«

Obwohl es am Abend spät geworden war, war Georgia dennoch am nächsten Morgen zeitig auf der Redgrove Farm. Es war nicht mehr viel von den Sommerferien übrig, und sie wollte jeden einzelnen Moment mit Lily genießen. Sie hatte beschlossen, mit ihr am Führseil ein Stück zu gehen und ihr die Gegend zu zeigen.

Dem schönen Palomino schien das auch zu gefallen. Lily war entspannt und ruhig. Die Ohren nach vorne gestellt, nahm sie die neue Umgebung in sich auf, während sie den Pfad hinter der Redgrove Farm zum Hügel hochliefen.

Georgia blieb mit ihr auf der Hügelkuppe stehen und stieß einen glücklichen Seufzer aus. Am Vorabend hatte sie mit Daniel, Emma und all ihren anderen Freunden eine so schöne Zeit gehabt – was hatte sie doch für ein unglaubliches Glück! Und als Krönung hatte sie jetzt auch noch ihr Traumpony. Dieser Sommer hatte sich besser entwickelt, als sie es sich je hätte vorstellen können.

Liebevoll tätschelte Georgia den goldenen Hals ihres Ponys und lehnte sich zu ihm, um sich flüsternd bei ihm zu bedanken. Dann trat sie wieder einen Schritt zurück und lächelte. Nur mit Lily zusammen zu sein war schon gut, aber sobald ihr Handgelenk geheilt war, würden sie beide richtig viel Spaß bei ihren gemeinsamen Ausritten haben. Und eines Tages würden sie sogar das Training für die Turniere beginnen können.

Lily war erst kurze Zeit auf Redgrove, doch es fühlte sich bereits so an, als würde das wunderschöne Palomino zusammen mit Georgia hierhergehören. Sie beide zusammen – was konnte besser sein?

Weitere Abenteuer
mit Georgia und Lily folgen.

Die jüngste Geheimagentin der Welt!

Lauren Child
Ruby Redfort – Gefährlicher als Gold
448 Seiten. Gebunden

Lauren Child
Ruby Redfort – Kälter als das Meer
496 Seiten. Gebunden

Lauren Child
Ruby Redfort – Schneller als Feuer
544 Seiten. Gebunden

Lauren Child
Ruby Redfort – Dunkler als die Nacht
ca. 496 Seiten. Gebunden

Das gesamte Programm gibt es unter
www.fischerverlage.de

fi 555 132 / 2